U0027611

Goosebumps®

Goosebumps®

Goosebumps®

雞皮疙瘩 30

魔鬼面具 II

The Haunted Mask II

R.L. 史坦恩（R.L.STINE）◎著

孫梅君◎譯

致台灣讀者

讀者們，請小心……

我是R・L・史坦恩，歡迎到「雞皮疙瘩」的可怕世界裡來。

你是否曾在深夜裡聽到過奇怪的嚎叫？你是否曾在黑暗中聽到腳步聲——卻根本看不到人？你是否見過神祕可怖的陰影，幽幽暗處有眼睛在窺視著你，或者身後有聲音叫你的名字？

如果是這樣，你應該了解那種奇特的發麻的感覺——那種給你一身雞皮疙瘩、被嚇呆的感覺。

在這些書裡，幽靈在閣樓上竊竊低語；膽顫心驚的孩子忽而隱形；稻草人活了，在田野裡走來走去；木偶和布娃娃也有生命，到處嚇人。

當然，這些都是磨礪心志的好玩的嚇人事。我希望你們感到害怕，同時也希望你們大笑。這都是想像出來的故事。當然，最可怕的地方在你們自己心裡。

過個害怕的一天吧！

出版緣起

人生從奇幻冒險開始

何飛鵬
城邦媒體集團首席執行長

我的八到十二歲是在《三劍客》、《基度山恩仇記》、《乞丐王子》中度過的。可是現在的小孩有更新奇的玩具、電玩、漫畫，以及迪士尼樂園等。

八到十二歲，正是孩子從字數極少、以圖畫爲主的繪本閱讀，跨越到漸漸以文字閱讀爲主的時期。也正是訓練孩子從圖像式思考，轉變成文字思考的重要階段。在這個階段，養成長期的文字閱讀習慣，能培養孩子敘事、分析、推理的邏輯思辨能力，奠定良好的寫作實力與數理學力基礎。

然而，現在的父母擔心，大環境造成了習於圖像、不擅思考、討厭文字的一代。什麼力量能讓孩子重回閱讀的懷抱呢？

全球銷售三億五千萬冊的「雞皮疙瘩」，正是爲了滿足此一年齡層的孩子的需求而誕生的！

無論是校園怪奇傳說、墓地探險、鬼屋驚魂，或是與木乃伊、外星人、幽靈、吸血鬼、殭屍、怪物、精靈、傀儡相遇過招，這些孩子們的腦袋裡經常出現的角色或想像，經由作者的生花妙筆，營造出一個個讓孩子們縱橫馳騁的魔幻時空、光怪陸離的神奇異界，經歷各種危急險難，最終卻又能安全地化險為夷。這樣的冒險犯難，無論男孩女孩，無不拍案稱奇、心怡神醉！

本系列作品被譯為三十二種語言版本，並在全球數十個國家出版，創下了出版史上多項的輝煌紀錄，廣受世界各地孩子的喜愛。作者史坦恩表示，這套作品之所以成功，是因為多年的兒童雜誌編輯工作，讓他對兒童心理和兒童閱讀需求有了深刻理解——他知道什麼能逗兒童發笑，什麼能使他們戰慄。

我們誠摯地希望臺灣的孩子也能和世界上其他的孩子一樣，有更豐富多元的閱讀選擇。更希望藉由這套融合驚險恐怖與滑稽幽默於一爐，情節緊湊又緊張的「雞皮疙瘩系列叢書」，重拾八到十二歲孩子的閱讀興趣，從而建立他們的閱讀習慣，擁有一個快樂學習的童年。

現在，我們一起繫好安全帶，放膽體驗前所未有的驚異奇航吧！

專文推薦

戰慄娛人的鬼故事

國立臺北教育大學語文與創作系兒童文學教授　廖卓成

這套書很適合愛看鬼故事的讀者。

文學的趣味不止一端，莞爾會心是趣味，熱鬧誇張是趣味，刺激驚悚也是趣味。有人擔心鬼故事助長迷信，其實古典小說中，也有志怪小說一類，《聊齋誌異》就有不少鬼故事。何況，這套書的作者開宗明義的說：「這都是想像出來的故事」，不必當眞。

既然恐怖電影可以看，看鬼故事似乎也無妨；考試的書讀久了，偶爾調劑一下，對頭腦卻是有益。當然，如果看鬼片會連續失眠，妨害日常生活，那就不宜勉強了。

雋永的文學作品，應該有深刻的內涵；但不少兒童文學作品說教有餘，趣味不足。只要有趣味，而且不是害人爲樂的惡趣，就是好的作品。鮑姆（Baum）在《綠野仙蹤》的序言裡，挑明了他寫書就是爲了娛樂讀者。

倒是內行的讀者，不妨考校一下自己的功力，留意這套書的敘事技巧，由主角「我」來講故事，有甚麼效果？書中衝突的設計與化解，是否意想不到又合情合理？能不能有不同的設計？會不會更好？這是另一種引人入勝之處。

導讀

結局只是另一場驚嚇的開始

耿一偉
臺北藝術節藝術總監
臺北藝術大學戲劇系兼任助理教授

不知道大家還記不記得，小時候玩遊戲，比如捉迷藏等，都會有一個人要當鬼。鬼在這個遊戲中很重要，沒有鬼來捉人，遊戲就不好玩。這些遊戲的關鍵特色，不是人要去消滅鬼，而是要去享受人被鬼追的刺激樂趣。所以當鬼捉到人後，不是遊戲就結束，而是下一個人要去當鬼。於是，當鬼反而是件苦差事，因爲捉人沒有樂趣，恨不得趕快找人來替代。所以遊戲不能沒有鬼，不然這個遊戲就不好玩了。

在史坦恩的「雞皮疙瘩系列」中，這些鬼所扮演的角色也是類似遊戲中的鬼，給我帶來閱讀與想像的刺激。各位讀者如果留意一下，會發現在他的小說中，都有一個類似的現象，就是結局往往不是一個對抗式的終局，一種善惡誓不兩立，以消滅魔鬼爲最終目標的故事——這比較是屬於成人恐怖片的模式，不是你死，就是人類全部變殭屍。但「雞皮疙瘩系列」中，你的雞皮疙瘩起來了，可是結尾的時候，鬼並不是死了，而是類似遊戲一樣，這些鬼換了另一種角色，而且有下一場遊戲又要繼續開始的感覺。

礙於閱讀的樂趣，我無法在此對故事結局說太多，但各位看完小說時，可以再回想我在這裡說的，就知道，「雞皮疙瘩系列」跟遊戲之間，的確有類似性。換另一個角度來看，這些主角大多爲青少年，他們在生活中碰到的問題，如搬家面對新環境、男生女生的尷尬期、霸凌、友誼等，都在故事過程一一碰觸。

「雞皮疙瘩系列」令人愛不釋手的原因，也在於表面上好像主角是鬼，但讀到一半，你會感覺到，故事的重點不知不覺地從這些鬼怪轉移到那些被追的青少年身上，鬼可不可怕不是重點，重點是被追的過程中，一些青少年生活中的苦悶，也被突顯放大，甚至在故事中被解決了。所以你會在某種程度感受到，這本書的內容是在講你，在講你的生活，在講你的世界，鬼的出現，只是把這些青春期的事件給激化了。

另一個有趣的現象，是從日常生活轉入魔幻世界的關鍵點，往往發生在父母不在身邊，然後主角闖入不熟識空間的時候——比如《魔血》是主角暫住到姑婆家、《吸血鬼的鬼氣》是闖入地下室的祕道、《我的新家是鬼屋》是新家的詭異房間……等等。

因爲誤闖這些空間，奇怪的靈異事件開始打斷平凡無趣的日常軌道，一段冒險展開了，一場你追我跑的遊戲開始進行，而父母們往往對此毫無所悉，不知道自己的兒女在故事結束時，已經有所變化，變得更負責任，更勇敢。

「雞皮疙瘩系列」的意義，也在這個地方。在平凡無奇充滿壓力的青春期校園生活中，有那麼多不快樂、有那麼多鬼怪現象在生活中困擾著我們，但這無法跟家長說，因爲他們不能理解，他們看不到我們看到的。但透過閱讀，透過想像力所引發的鬼捉人遊戲，這些不滿被發洩，這些被學校所壓抑的精力被釋放了。

幸好有這些鬼怪的陪伴，日子不再那麼無聊，世界可以靠自己的力量改變。

終究，在青少年的世界裡，鬼怪並不是那麼可怕，在史坦恩的小說中，也往往會有主角最後拯救了這些鬼怪的情形，彷彿他們不是惡鬼，而比較像誤闖人類世界的外星人……這也是青少年的焦慮，他們正準備降臨成人世界，這件事讓他們起了雞皮疙瘩！！

這句英文怎麼說

我怎麼會知道這個事實呢？
How do I know this fact?

1.

我不知道你是不是跟小學一年級的孩子打過交道，但我要告訴你，只有兩個字可以形容他們，那就是「野獸」。

小一生是野獸！沒錯，這是我說的，你可以引用我這句話。

我叫做史蒂夫．包斯威爾，是六年級生。也許我不是胡桃中學最聰明的學生，但是我很確定一件事：小一生是野獸。

我怎麼會知道這個「事實」呢？因爲我每天放學後都得指導小一生踢足球，所以我知道。況且，那可是血淋淋的切身經驗啊！

你也許對我爲什麼要去指導小一生踢足球感到好奇。嗯……我只能說，我並不是自願的，那是一項懲罰。

有人把一隻松鼠放到女生更衣室裡，而那個人就是我。然而那並不是我的主意。那隻松鼠是我最要好的朋友——查克·葛林抓來的，他問我該把牠放到哪兒去。

「在星期四籃球比賽之前，把牠放到女生更衣室如何？」我說。

也許有一部分是我的主意啦！但是查克也跟我同樣有責任。

只不過，我是被逮到的那一個——當我把松鼠從盒子裡放出來時，被體育老師柯蒂小姐抓了個正著。那隻松鼠跑過體育館，跳上球場的看台。看台上的小朋友霎時全都跳了起來，瘋狂的亂跑亂叫。

只不過是隻笨松鼠嘛！但是所有的老師都拚命追牠，花了好幾個小時才把牠逮住，讓大夥兒安靜下來。

所以，柯蒂小姐說我必須受到懲罰。

她讓我自己選擇處罰的方式。第一種是：我可以在每天放學後，到體育館替籃球充氣——用嘴巴吹——直到把我的頭吹爆；第二種是：我可以教小一生踢足球。於是我選了第二種——錯誤的選擇。

這句英文怎麼說

我必須受到懲罰。
I had to be punished.

我的朋友查克應該也要幫我訓練球隊，可是他告訴柯蒂小姐，他放學後要打工。你知道他放學後打的是什麼工嗎？就是——回家看電視。

很多人以爲查克和我之所以成爲好友，是因爲我們長得很像。我們兩個都又高又瘦，有著深褐色眼眸和棕色直髮，兩人都時常戴著棒球帽。有時候，人們甚至以爲我們是兄弟咧！

但這並不是我喜歡查克、而查克也喜歡我的原因。我們之所以成爲最要好的朋友，是因爲我們會把對方逗笑。

當查克告訴我他放學後的工作是什麼時，可把我給笑壞了。只不過我現在笑不出來了。

現在，我祈禱每天都能下雨——如果下雨了，小一生就不用練踢足球。

而今天很不幸的，是個美麗晴朗的十月天。我站在學校後面的操場上，眼睛搜尋著天空，期盼能找到一朵雲——只要一朵也好——但卻只看見一片蔚藍。

「好吧！聽著，豬玀！」我喊道。我並不是在取笑他們，這是他們投票選出的隊名。你相信嗎？胡桃街豬玀隊！

如此一來，是否讓你對這些小魔鬼是什麼德行有點概念了呢？

我把手圈在嘴邊，又喊了一聲：「排成一列，豬玀！」

安德魯．佛斯特搶過我掛在脖子上的哨子，對著我的臉狂吹，而「鴨子」班頓則一腳重重踩在我的新球鞋上。由於他老是呱呱亂叫，大家都管他叫「鴨子」。他和安德魯都覺得這麼做好玩極了。

緊接著，瑪妮．羅森跳到我背上，用手臂勾著我的脖子。瑪妮蓄著一頭紅色鬈髮，臉上長滿雀斑，還掛著一種我在小孩臉上見過最邪惡的獰笑。

「當馬給我騎，史蒂夫！」她喊道，「我要騎馬！」

「瑪妮……快下來！」我一邊喊著，一邊想要掙脫她勒在我脖子上的手，她眞的快讓我窒息了。

這時候，豬玀隊員全都放聲大笑。

「瑪妮——我……我不能呼吸了！」我喘息道。

我彎下腰來，想把她從我背上甩下來，但是她勒得更緊了。

接下來，我感覺到她的嘴唇貼在我的耳朵上。

這句英文怎麼說

我不能呼吸了。
I can't breathe!

「妳在做什麼？」我大聲叫道。

她是想要親我還是做什麼？

好噁！她把泡泡糖吐到我的耳朵裡，整個人笑得像個瘋狂的小魔鬼，再從我身上跳下來，跑過草地，卷曲的紅髮在腦後盪來盪去。

「眞是夠了！」我生氣的喊道。紫色的泡泡糖黏在我的耳朵裡，我費了好一會兒功夫才清乾淨。

當我清完泡泡糖時，練習賽已經開打了。

你曾經看過六歲大的孩子踢足球嗎？他們只是不停的追球、踢球，追球、踢球。每個人都在追那顆球，每個人都想要踢到它。

我想要教他們攻防隊形，教他們如何傳球給隊友，以及教他們團隊合作，但是他們只想著追球、踢球，追球、踢球。

對我而言是無所謂啦！只要他們不來惹我就好了。

我吹著哨子，充當裁判，讓比賽順利進行。

不料安德魯跑過我身邊，踢起一大塊泥巴，濺在我的牛仔褲上。他裝出一副

不小心的樣子，但我知道他是故意的。

接著「鴨子」班頓和強尼．邁爾斯兩人互相推打了起來。鴨子常跟他爸爸一起看曲棍球電視轉播賽，以爲比賽就是要打架。又有時候，鴨子根本就只顧著打架，連球也不追了。

我任由他們追球、踢球，一直鬧了一個小時。之後我吹響哨子，結束這場練習賽。今天這場練習還不壞，只有一個人流鼻血，而且謝天謝地不是我！

「好吧！豬玀們，明天見囉！」說完，我小跑步離開操場，他們的父母或保母會在學校前面等他們。

接著，我看見一群小孩在操場中央圍成一個緊密的圈圈，每個人臉上都掛著詭異的笑容，於是我決定去看看他們在搞什麼鬼。

「怎麼回事？小傢伙。」我快步跑回去問道。

幾個小孩後退了幾步，我看見草地上有顆足球。

「嗨，史蒂夫，你能從這兒射進球門嗎？」滿臉雀斑的瑪妮笑著對我說。

其他孩子也從那顆球旁邊退開，我朝球門瞥了一眼——距離眞的很遠，至少

這句英文怎麼說

你們為什麼不找點難的來？
Why don’t you give me something hard to do?

有半個球場。

「你們在玩什麼花樣？」我問道。

「沒有呀！只是看你能不能從這兒射進門。」瑪妮臉上的笑容褪去，一本正經的說。

「不可能的啦！」鴨子班頓接著叫道。

「史蒂夫做得到的。」我聽見強尼．邁爾斯說：「史蒂夫更遠都踢得進。」

「不可能啦！」鴨子又堅持道，「即使對六年級生來說，也是太遠了。」

「嘿——這很容易嘛！」我誇口道：「你們爲什麼不找點難的來？」

我三不五時就得做點什麼來唬唬他們，只爲了證明自己比他們強。

於是我繞到球後面，在八、九步之外停了下來，給自己充裕的助跑空間。

「好吧！小傢伙，讓你們瞧瞧職業級的演出吧！」我喊道。

我朝著球疾奔過去，準備好好放腿一踢。

待我奮力踢出，有一秒鐘的時間，我頓時僵在原地。

緊接著，我發出一聲淒厲的哀號——

2.

幾分鐘後，我走在回家的路上，途中經過好友查克的家。查克跑過碎石子車道跟我打招呼。此時我實在沒心情跟任何人說話，即使是我的好友。

但是他已經跑了過來，我能怎麼辦呢？

「哎喲……史蒂夫！」他跑到車道中間，突然停下腳步，「怎麼回事？你怎麼走路一跛一跛的？」

「水泥。」我呻吟著說。

他把頭上那頂芝加哥小熊隊、紅黑相間的棒球帽扯了下來，搔著他濃密的棕髮。「什麼？」

「水泥！」我有氣無力的重複一遍。「那些孩子帶來一顆水泥做的足球。」

這句英文怎麼說

那些孩子簡直就是野獸！
Those kids are animals!

查克瞇起眼睛望著我，我看得出來他還是沒搞懂。

「有個孩子住在對街，他找朋友幫他把一顆水泥足球滾到學校，」我繼續解釋道：「他們把球漆成黑白色，看起來就像是顆真的足球，但其實整顆都是水泥。之後他們把球滾到操場上，要我射門，結果……結果……」我的聲音卡在喉嚨裡，再也說不下去了。

我一拐一拐的走到車道邊的一棵大山毛櫸樹旁，靠在它冰冷的白色樹幹上。

「哇！這個玩笑可不太好玩。」查克說著將棒球帽戴回頭上。

「還用你說……」我呻吟著說，「我猜我腳上每根骨頭都斷掉了。」

「那些孩子簡直就是野獸！」查克說道。

我一邊呻吟，一邊揉著疼痛無比的腳。我的腳並沒有真的斷掉，但是很痛，痛斃了。我挪了挪肩上的背包，又靠回樹幹上。

「你知道我想做什麼嗎？」我對查克說。

「報仇？」

「一點都沒錯！」我回答，「你怎麼知道？」

「胡亂猜中的。」他走到我身邊，我看的出來他正在努力思索。每當查克在想事情時，他的臉總會皺成一團。

「萬聖節快到了，」他終於開口了。「也許我們能想出什麼辦法來嚇嚇他們。我是說，把他們嚇得屁滾尿流。」他深色的眼睛興奮得發亮。

「嗯……也許吧！」我遲疑的說：「他們畢竟只是小孩子，我不想用太惡劣的手段。」

忽然間，我覺得自己的背包怪怪的——太膨了。我把背包從肩上扯下來，放到地上。我彎下腰，拉開背包的拉鍊。

剎那間，約有一千萬根羽毛從背包裡飄了出來。

「那些孩子——！」查克驚叫出聲。

我拉開背包，所有的課本、筆記本——上面全都沾滿了黏糊糊的羽毛。那些野獸竟然把羽毛黏在我的書上面！

我扔下背包，轉身面對查克咆哮道：「也許我該用點惡劣的手段對付他們！」

這句英文怎麼說

萬聖節快到了。
It's almost Halloween.

幾天後，查克和我從操場一道走回家。那是一個颳著風的寒冷下午，遠方隱隱升起陰暗的暴風雨雲。

然而暴風雨雲來得太晚，沒幫上我的忙——我才剛剛指導完豬玀隊的午後練習。這場練習還不算太壞，但是也不算好。

我們一開始練習，安德魯就低著頭全速朝我猛衝過來。他大概有一千公斤重，而且有顆很硬的頭。他一頭撞在我的肚子上，撞得我五臟六腑全都移了位。我躺在地上打滾了好幾分鐘，不住的呻吟、喘氣。那些孩子都覺得十分有趣，安德魯則聲稱這是意外。

我一定要報仇！我暗暗發誓道。

儘管還不知道該怎麼做，但是我一定要討回公道。

接下來，瑪妮又跳到我背上，把我新大衣的領子扯破。

查克在練習後跟我會合。他現在每天都會來，因爲他知道在跟小一生廝混一個小時後，我通常需要人幫忙才能走回家。

「我眞討厭他們，」我低聲咕噥著，「你知道『討厭』這兩個字怎麼寫嗎？

那些豬——玀！」我被扯破的衣領在迴旋的風中拍動著。

「你何不讓他們都用水泥足球練習？」查克提議。他調整一下頭上的小熊隊球帽。「不，等等，我有主意了，就讓他們輪流被當球踢！」

「不，不好。」我搖搖頭回道。天色暗了下來，樹枝在風中搖晃著，在我們身邊撒下一堆枯葉。我的球鞋踩在枯葉上，發出嘎吱嘎吱的聲響。

「我不想傷到他們，」我對查克說，「只想嚇嚇他們。我只想把他們嚇個半死！」

風吹得更冷冽了，我感覺到一滴冷雨落在額頭上。

當我們走過街時，我瞧見班上的兩個女孩走在街道對面，其中一個留著黑色的馬尾辮，當她快步走在人行道時，髮辮在她腦後不住的晃盪。我認出那是莎賓娜·曼森，而走在她旁邊的，則是她的好友——嘉莉貝絲·考德威爾。

「嘿……」我正要開口叫她們，又趕緊打住。

我心中閃過一個好主意。看見嘉莉貝絲，讓我想到自己該怎麼嚇唬那些小一生。看見她，我就完全知道該怎麼做了。

這句英文怎麼說

我只想把他們嚇個半死。
I just want to scare them to death.

3.

我正要開口喊她們，但是查克一把摀住我的嘴，把我拉到一棵大樹後面。

「嘿……把你的髒爪子拿開，你搞什麼呀？」當他終於放手時，我喊道。

他把我按在粗糙的樹幹上說：「噓……她們沒瞧見我們。」又用眼睛瞄瞄兩個女孩。

「那又怎樣？」

「我們可以偷偷跑出來嚇唬她們呀！」查克耳語道，他深色的眼珠透著邪惡的興奮，閃閃發亮著。「把嘉莉貝絲嚇得尖叫出聲。」

「你是說像從前那樣？」

查克點點頭，咧嘴笑了。

好幾年來，把嘉莉貝絲嚇得大聲尖叫一直是我們的嗜好。那是因爲她眞的很愛叫，幾乎任何東西都能讓她嚇得尖叫出聲。

去年有一次在學校餐廳，查克在他的火雞三明治裡塞了一條毛毛蟲，拿給嘉莉貝絲吃。

她咬了一口，發現什麼東西味道怪怪的。當查克讓她看見自己吃下一大口毛毛蟲時，她整整尖叫了一個禮拜。

查克和我經常打賭，看誰最能嚇到嘉莉貝絲，誰又最能讓她尖叫。我想這有點兒惡劣，但有時卻也十分有趣。

有時候，當你知道某些人眞的很容易被嚇到，你也別無選擇，只好有事沒事就去嚇嚇他們。

不過，在去年萬聖節，這一切全都改變了。

去年萬聖節，查克和我險些被嚇死。嘉莉貝絲戴了一個我生平見過最恐怖的面具，那簡直不像是個面具，而像是一張活生生的臉。

那個面具是如此醜怪，又如此逼眞，它用一雙邪惡而鮮活的眼睛惡狠狠的瞪

這句英文怎麼說

我們真的都嚇壞了。
We were terrified.

著我們，用活人般的嘴唇對著我們冷笑，皮膚還泛著噁心的綠色。而嘉莉貝絲平時輕柔的聲音也變成野獸般的可怕嘶吼……

查克和我嚇得落荒而逃。

我不是開玩笑的，當時我們眞的都嚇壞了。

我們一連跑過好幾條街，一路狂喊著。那是我這輩子最糟糕的一夜了。

在這之後，一切都改變了。

幾乎整整一年過去了，我們從來沒再想要嚇唬嘉莉貝絲。我不認爲她會再被嚇到，再也不會了。

經過去年的萬聖節，我不認爲再有任何事情能嚇著她了。

她現在天不怕地不怕，整整一年，我再也沒聽她尖叫或大喊過一次。

所以，我現在並不想嚇唬她。我得跟她談談，問她關於那個可怕面具的事。

但是查克一直把我按回樹幹上。

「來吧！史蒂夫，」他低聲說，「她們沒看見我們。我們伏低身子，從籬笆後面抄到她們前頭，當她們經過時，就跳出來嚇她們。」

「我眞的不想……」我想拒絕，但我看得出來查克已經打定主意要嚇嚇嘉莉貝絲和莎賓娜，只好任由他拉著我伏低下來。

這時下起了小雨，陣陣勁風把雨點颳到我的臉上。我彎著腰，跟隨查克沿著籬笆往前爬去。

我們超前了那兩個女孩，繼續往前移動。我聽得到莎賓娜在我們背後笑著，又聽見嘉莉貝絲說了些什麼，莎賓娜接著又笑了起來。

我很好奇她們在聊些什麼。我停下腳步，透過籬笆朝她們瞥了瞥。嘉莉貝絲臉上的表情很詭異，她深色的眼睛直直盯著前方，動作十分僵硬，藍色羽絨外套的領子豎得高高的，遮住了半邊臉。

當女孩走近時，我又重新伏低下來。我轉過頭，發現查克和我正站在卡本特老宅前院寬闊的草坪上。

這棟陰鬱的老房子籠罩在一片深幽的黑暗中，當我凝視那雜草叢生的草坪時，不禁感受到一陣涼颼颼的寒氣。大家都說這棟宅子鬧鬼——一百年前在這屋子裡被謀殺的冤魂，至今仍然在此出沒。

這句英文怎麼說

我不相信這世上有鬼。
I don't believe in ghosts.

我不相信這世上有鬼，卻也不喜歡跟陰森的卡本特老宅站得這麼近。

我把查克拉到隔壁的空地上。雨滴啪答啪答的打在地面上，我伸手擦去眉毛上的雨點。

嘉莉貝絲和莎賓娜距離我們只有幾碼（一碼＝〇．九一四四公尺）遠了，我聽見莎賓娜正興奮的談論著什麼，但是聽不清楚字句。

查克轉向我，一抹邪惡的笑容閃過他的臉龐。

「準備好了嗎？」他低聲說道，「我們上吧！」

我們一躍而起，同時向外撲去，並以最大的音量放聲尖叫。

莎賓娜驚駭得倒抽了一口氣，下巴差點掉到膝蓋上，雙手在空中亂揮亂舞。

嘉莉貝絲則瞪眼看我。接著她的頭歪向豎起的藍色夾克衣領——掉了下來！

她的頭從肩膀上掉下來！腦袋瓜滾落在地，彈跳到草地上。

莎賓娜低頭往地上瞧去，目瞪口呆的看著嘉莉貝絲掉落的頭顱。

下一秒鐘，莎賓娜的雙手瘋狂的在空中亂舞，張嘴尖聲驚叫。

她叫了又叫，喊了又喊，放聲叫個不停。

4.

我用力吞嚥著口水，膝蓋顫抖著。

嘉莉貝絲的頭從草地上瞪眼看著我，莎賓娜的尖叫聲在我耳朵裡嗡嗡作響。

忽然，我聽見一陣輕笑，是從嘉莉貝絲的夾克裡發出來的。我看見一叢棕髮從她豎起的領子裡探出來，接著嘉莉貝絲笑盈盈的臉孔從夾克底下冒了出來。

莎賓娜停止狂叫，轉而大笑起來。

「嚇著你們了吧！」嘉莉貝絲喊道。她和莎賓娜像瘋子一樣，笑得東倒西歪。

「噢，哇！」查克呻吟了幾聲。

我的膝蓋還在發抖，我想自己從頭到尾都沒喘過一口氣。

我彎下腰來，撿起嘉莉貝絲的頭。那是某種假頭，我猜是個塑像。我把它拿

這句英文怎麼說

你們該看看自己臉上的表情！
You should have seen the looks on your faces!

在手裡轉來轉去——太驚人了，看起來就跟她一模一樣。

「那是熟石膏像，」嘉莉貝絲把它從我手裡搶過去，解釋說：「是我媽做的。」

「但是——它好逼眞喲！」我好不容易吐出這幾個字。

她咧嘴一笑道：「媽媽的手藝越來越好了，她一次又一次做我的頭像，這是她最好的作品之一。」

「做得不錯，但是並沒有騙過我們。」查克說。

「是呀，我們早就知道那是假的。」我趕緊附和道。不過我說這句話時，聲音十分乾澀，還沒從驚嚇中恢復過來。

莎賓娜搖搖頭，黑色的馬尾辮在腦後搖晃。莎賓娜身材很高，比我和查克還高。嘉莉貝絲則是隻小蝦米，身高只到莎賓娜的肩膀。

「你們該看看自己臉上的表情！」她叫道，「我以為你們的頭也要掉下來了！」

兩個女孩又抱作一團，痛快的大笑出聲。

「我們大老遠就看見你們了，」嘉莉貝絲把頭像拿在手裡滾著，說道：「幸好我今天帶了這個頭像到美術課上獻寶，所以就把夾克拉到頭上，莎賓娜再把石膏像安放在領子上。」

「你們還眞容易上當。」莎賓娜嘻嘻一笑。

「我們才沒被嚇到，眞的。」查克堅持說：「我們只不過是配合妳們罷了。」

我想要換個話題。如果任由她們繼續說下去的話，這兩個女孩會整天整夜講個不停，說我和查克有多呆、多笨。我可不喜歡這樣。

雨滴啪答啪答落個不停，被強風吹得左右搖曳。我打了個冷顫，我們全都被淋濕了。

「嘉莉貝絲，記得妳在去年萬聖節戴的那個面具嗎？妳是打哪兒弄來的？」

我裝作只是隨意提到，不想讓她認爲這是什麼了不得的事。

她抱緊石膏頭像，緊緊按在外套前襟上。

「啊？什麼面具？」

我悶哼一聲。她有時還眞是混帳得可以！

「記得去年萬聖節，妳戴的那個很恐怖的面具嗎？妳是打哪兒弄來的？」

這句英文怎麼說

你只是想要比我更嚇人。
You just want to be scarier than me.

她和莎賓娜對望了一眼，才說：「不記得了。」

「眞是夠了！」我沒好氣的說。

「我眞的不記得。」她堅持道。

「妳記得的，」查克對她說，「妳只是不想講。」

我知道嘉莉貝絲爲什麼不想說。她或許正在計畫今年萬聖節要在同一家店再買一個恐怖的面具，她要成爲鎭上最嚇人的孩子，所以不希望我搶了她的鋒頭。

我轉向莎賓娜問道：「妳知道她的面具是在哪裡買的嗎？」

莎賓娜在嘴巴上比了個拉拉鍊的動作。

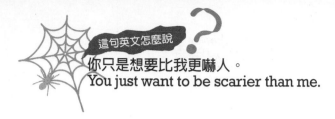

「我不會說的，史蒂夫。」

「你們不會想要知道的，」嘉莉貝絲仍然緊緊抱著那顆頭，說道：「那個面具太可怕了。」

「妳只是想要比我更嚇人，」我生氣的回答。「但是我今年眞的需要一個很嚇人的面具，嘉莉貝絲。我得嚇唬嚇唬幾個孩子，而且……」

「我是說眞的，史蒂夫。」嘉莉貝絲打斷我。「那個面具眞的很詭異。它不只是個面具，它是活的！它嵌在我的臉上，脫不下來，那個面具有鬼！」

「哈——哈！」我翻了翻眼珠。

「她說的是實話！」莎賓娜喊道，瞇起深色的眼睛瞪我。

「那是個邪惡的面具，」嘉莉貝絲接著又說：「它對我下命令，還會自己講話，用一種恐怖、粗啞的嘶吼聲……我沒辦法控制它，也脫不下來，它緊緊黏在我的臉上——我簡直快嚇死了！」

「噢，哇！」查克搖搖頭說：「嘉莉貝絲，妳可眞有想像力。」

「好故事，」我同意道：「留著作文課用吧！」

「但我說的都是眞的！」嘉莉貝絲喊道。

「妳只是不想讓我裝扮得很嚇人，」我不滿的說，接著又懇求道：「但我需要一個像妳那個一樣恐怖的面具，拜託，告訴我吧！」

「說吧！」查克堅持要她說。

「快說！」我又說一次，努力讓聲音聽起來很強硬。

「不可能！」嘉莉貝絲搖搖她那顆小小圓圓的假頭，回答：「讓我們回家，

這句英文怎麼說

告訴我面具是在哪兒買的！
Tell me where you bought the mask!

雨越下越大了。」

「不說就不讓妳們走！」我喊道，並上前一步擋住她的去路。

「把那顆頭搶過來！」查克喊道。

我從嘉莉貝絲手上搶過那個石膏頭像。

「還給我！」她尖叫一聲，一把抓了過來，但是我閃開來，把頭像拋給查克。

他往後跑走，莎賓娜追著他。

「把頭像還給她！」

「只要妳跟我們說面具是在哪兒買的，我們就還給妳。」我對嘉莉貝絲說。

「門兒都沒有！」她大喊道。

查克把頭像扔回給我，嘉莉貝絲猛力一抓，但還是我搶到頭像，並把它扔給查克。

「還給我！拜託！」嘉莉貝絲追著查克，喊道：「那是我媽媽做的，要是弄壞了，她會掐扁我的！」

「那就快告訴我面具是在哪兒買的！」我十分堅持。

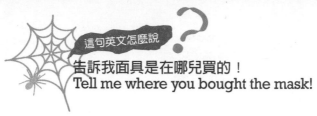

查克把頭像扔還給我，莎賓娜跳了起來，把它拍落在地。她朝頭像猛撲過去，我則搶先一步，把它從草地上抓了起來，又扔回給查克。

「住手！快還給我！」

兩個女孩都憤怒的大聲尖叫，但是查克和我防守得密不透風。

嘉莉貝絲發瘋似的朝頭像撲來，摔倒在草地上。當她站起來時，夾克和牛仔褲前半邊全都濕透了，額頭上還沾著青草的污跡。

「快說！」我把頭像高高舉在空中，堅決的說：「快說出來，頭像就還妳！」

她對著我大聲吼叫。

「好吧！」我警告她，「看來我只好把它踢上屋頂了。」我轉向草坪後面的那間屋子，用雙手把頭像舉在面前，作勢要把它踢上屋頂。

「好、好吧！」嘉莉貝絲喊道：「別踢，史蒂夫。」

我仍然把頭像舉在面前問道：「妳是在哪兒買的？」

「你知道距離學校兩、三條街，有間奇怪的小派對用品店嗎？」

我點點頭。我看過那家店，但是從來沒進去過。

這句英文怎麼說

可惜我沒把她的話當真。
Too bad I didn't take her seriously.

「我就是在那兒買的。店鋪後面有個小房間，裡頭全是古怪醜陋的面具，我的面具就是在那兒找到的。」

「太好了！」我開心的喊著，把嘉莉貝絲的頭像還給她。

「你們兩個傢伙眞變態。」莎賓娜低聲嘀咕，把領子拉起來擋雨。她推開我，替嘉莉貝絲抹去額頭上的青草污跡。

「我實在不想告訴你們，」嘉莉貝絲抱怨著，「關於面具的事並不是我編出來的，它眞的好恐怖。」

「是呀！當然。」我又翻翻白眼。

「拜託你別去！」嘉莉貝絲緊緊抓住我的手臂，懇求道：「拜託，史蒂夫，求求你別到那家店去！」

我掙開手臂，瞇起眼睛看著她，大笑出聲。

可惜我沒把她的話當眞，我沒聽她說的……

要不然，我也許就能躲過那整個晚上無休無止的恐怖遭遇了。

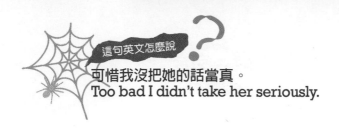

5.

「下去！快下去！瑪妮！我是說眞的！」我喊道。

那個紅頭髮的小魔鬼又跳到我背上，尖笑著用她肥短的手指掐著我的脖子。

她以爲我是旋轉木馬還是雲霄飛車呀？

「快下去！這是我最好的毛衣！」我喊道：「要是妳把它扯壞了……」

她笑得更大聲了。

昨天晚上到今天早晨都在下雨，但是到了午餐時間，雲層卻消散了。現在天空一片晴朗，我別無選擇，只好乖乖指導豬玀隊練球。

在操場那頭，我看見鴨子班頓正在和安德魯打架。安德魯撿起足球，使盡力氣往鴨子的肚子砸去。

這句英文怎麼說

這是我最好的毛衣。
This is my good sweater.

鴨子的嘴巴猛的張開，噴出一口長氣，同時一大團泡泡糖也應聲飛出。

「快下去！」我拜託著瑪妮，並用最快的速度轉圈子，想要把她從背上甩下。要是這件毛衣有個什麼損傷，媽媽可是會抓狂的。

也許你要問我幹嘛穿最好的藍毛衣來指導足球練習。問得好！答案是：今天是班上照相的日子，媽媽要我拍張體面的相片，好寄給我所有的叔伯阿姨。她要我穿這件毛衣，還逼我在上學之前洗頭，而且不准戴棒球帽，所以我一整天看起來都像個蠢蛋。

現在要練習足球了，我卻忘了帶件運動衫或什麼的來換下這件好毛衣。

「哇——嘩！」瑪妮終於從我背上跳了下來，最後還在我肚子上踢了一腳。

我拉下毛衣，祈禱它沒被拉扯得太厲害。接著我又聽見幾聲憤怒的吼叫，抬頭看見安德魯和鴨子正對著彼此揮拳，還用頭撞來撞去。

我伸手去摸哨子，卻摸了個空。

瑪妮把哨子偷走了。她把哨子高高舉在頭上，在草地上邊笑邊跑。

「嘿，妳……」我尖聲大叫，拔腿追趕起這個小賊。

才跨出三步，球鞋就在泥地上一滑，雙腳向後飛出。我怒吼一聲往前撲倒，肚子朝下摔在爛泥地上。

「不——」我慘叫一聲，「拜託！不要！」

當我站起來時，也帶起了滿身的泥濘。我整個身體都覆滿了厚厚的爛泥，至於漂亮的藍毛衣呢？早就變成一件醜陋的咖啡色毛衣了。

我哀號一聲，再度坐倒在地。這一刻，我只想從這世上消失，沉進那個大爛泥坑裡。

我忠實的隊員們——恐怖豬玀隊，正在大笑歡呼著。他們覺得有趣極了。眞是好孩子，不是嗎？

至少我這招「爛泥打滾」讓安德魯和鴨子停戰了。

當我慢慢爬起身來，身上的爛泥沉甸甸的壓著我。我覺得自己好像安德魯，全身上下好像有一千斤重——也許我眞的有這麼重！

我用雙手抹去眼睛上的爛泥，看見查克站在我面前。

「你看起來眞的很糟，老兄。」他咂嘴說道。

這句英文怎麼說

他們覺得有趣極了。
They thought it was a riot.

「這還用得著你說！」我低聲咕噥道。

「你幹嘛把自己弄成這樣？」他問。

我透過兩吋厚的爛泥斜眼看他：「你說什麼？」

「你看起來像個泥巴怪獸或什麼的。」查克竊笑著說。

「哈——哈！」我簡直鬱卒死了。

「是你叫我到這兒來找你的，史蒂夫。你說我們放學後直接到那間派對用品店，去買『那個』。」

他回頭朝我那群小一生瞥了一眼，他們並沒有在聽我們說話，而是正忙著互相投擲泥巴球。

我伸手從毛衣前襟上刮下大約五公斤的爛泥。

「我……呃……我想我練完球後，最好先回家換件衣服。」我對查克說。

眞是個漫長的下午呀！

我首先得終止他們的爛泥大戰，接著必須把這些「小天使」全數交給他們的父母或保母。再來，我得對他們憤怒的父母和保母解釋，爲什麼他們不練足球，反而丟起爛泥巴來。

我悄悄溜回家裡，查克在門外等我。我先把沾滿爛泥的衣服藏到衣櫃後面，現在可沒時間跟媽媽解釋。

我換上一條乾淨的牛仔褲，還有叔叔給我的一件喬治城「荷亞」（Hoyas）隊紅灰相間的運動衫。我不知道「荷亞」是什麼意思，但這是一件很酷的運動衫。

我把球帽拉下，蓋住沾滿爛泥的頭髮，再快步跑出去和查克會合。

「史蒂夫——是你嗎？」媽媽從房裡叫喚我。

「不，不是！」我喊道，迅速關上前門，在她還沒來得及阻止我出門之前跑下車道。

我急著要到那間派對用品店去瞧瞧那些奇特的面具，急得連錢都忘了帶。

查克和我走過兩條街，我才摸著褲袋，發現裡頭空空如也。於是我們跑步回到我家，我又再一次溜回房裡。

「今天運氣真背！」我喃喃自語著。

然而我知道，只要我能買到一個很噁心、很嚇人的面具，我立刻就會開心起

這句英文怎麼說

這是一件很酷的運動衫。
It is a cool sweatshirt.

來。接下來就可以進行我的計畫，好好嚇嚇那群小豬玀，小小報復他們一下。

報復！

多麼美妙的字眼呀！

當我長大有自己的車子時，我要在車牌上印上這句話。

我把自己所有的零用錢都從藏錢的抽屜裡摸出來，很快數了一遍——大約有二十五塊。我把鈔票塞進褲袋，快步下樓。

「史蒂夫——你又要出去了嗎？」媽媽又從房裡喊我。

「馬上回來！」我回道，砰的一聲關上前門，跑下車道跟查克會合。

我們的球鞋踩在肥厚的濕葉上，溜溜滑滑的。一輪黯淡的滿月低掛在樹梢頭，馬路和人行道都因先前下的雨而閃著水光。

查克把手插在連帽運動衫的口袋裡，頂著風往前走。

「我要趕不上吃晚飯了……」他發著牢騷。「可能會倒大楣的。」

「這一切都會是值得的。」我覺得開心了些，安慰他說。

我們橫過通往派對用品店的那條街，街角有一間小雜貨店，另外幾家小店也映入眼簾。

「我等不及要看看那些面具了！」我喊道：「只要能找到一個有嘉莉貝絲那個一半嚇人的……」

派對用品店到了！黑暗中，在一間四方小店的上方，我能夠勉強看見招牌上寫著：「派對天地」。

「我們快進去瞧瞧！」我喊著。

我躍過一個消防栓，飛奔到人行道上，一直跑到店鋪前方的大窗子前，從窗口往裡頭凝視。

這句英文怎麼說

這店結束營業了。
The store is gone.

6.

「噢……哇！」查克屏住呼吸，喊了一聲，上前一步站到我身邊。

我們兩個一起把臉貼在窗玻璃上，凝視著店裡頭的一片黑暗。

「關門了嗎？」查克低聲問道，「也許只是今天晚上休息。」

我失望的嘆了一口氣。

「不，它關門了。這店結束營業了。」

透過佈滿塵埃的窗玻璃，我可以看見裡面空蕩蕩的櫃子和陳列架，中間走道上橫躺著一個高高的金屬架子，櫃檯上還擺著一個塞滿廢紙和空罐頭的垃圾筒。

「門口並沒有掛上『結束營業』的牌子。」查克說。他眞是個好朋友，因爲看出我有多麼失望，想要給我打氣。

「店都搬空了，」我嘆了一口氣。「東西全都清走，明天也不會再開門了。」

「是呀，我想你說的沒錯。」查克拍拍我的肩膀，低聲說：「嘿，振作起來，你會在別的店裡找到一個嚇人的面具的。」

我不情不願的把臉孔從窗邊挪開。

「我要像嘉莉貝絲那樣的面具，」我悶悶不樂的說，「你記得那個面具吧？你記得那雙閃閃發亮的怪眼，它蠕動嘴唇、齜著滴血的獠牙向我們咆哮的樣子？那個面具噁心極了，而且逼眞得要命，就像是隻活生生的怪獸！」

「大賣場也許有賣那樣的面具。」查克說。

「拜託你……」我低聲說道，朝著被風吹過人行道的糖果紙踢了一腳。

一輛汽車慢慢從我們身旁駛過，車頭燈掃過店鋪前方，照亮裡頭空蕩蕩的貨架和櫃檯。

「我們最好趕緊回家，」查克把我從店鋪前面拖走，提醒我說：「爸媽不准我天黑以後在外頭遊蕩。」

這句英文怎麼說

你不明白這對我有多重要。
You don't understand how important this is to me.

他又說了些什麼，但是我沒聽見。我還在想嘉莉貝絲的面具，無法擺脫失望的情緒。

「你不明白這對我有多重要，」我對查克說，「這些小一生簡直讓我生不如死，今年萬聖節，我得給他們一點教訓，我必須這麼做。」

「他們只是小孩子呀！」他回答。

「不，他們不是，他們是魔鬼！邪惡的吃人魔鬼！」

「也許我們可以自己做個可怕的面具，」查克提議著，「像是用紙黏土之類的東西。」

我根本懶得回答他。查克是個好人，但他有時候會出些只有人類想得出來最蠢的點子。

我可以想像當我在萬聖節跳出來嚇人時，瑪妮和鴨子班頓的反應——「哇啊！我們嚇死了！我們可嚇死了！紙黏土面具！」

「我好餓哦！」查克抱怨道：「走吧，史蒂夫，我們離開這兒。」

「嗯……好吧！」我跟著他走下人行道，接著停下腳步。

又有一輛汽車轉到這條街上，車燈掃過派對用品店旁邊的一條窄巷子。

「哇，查克！你看！」我抓住他的肩膀，轉過他的身子，指著那條巷子裡面。

「你看！那扇門是開著的！」

「什麼？哪扇門？」

我把查克拉進巷子裡。在人行道上一盞路燈的照映下，我們看見地上一扇黑色的大活板門朝上開著。

查克和我從門口往裡頭瞄去，看見一道水泥台階通往一間地下室。

是那間派對用品店的地下室！

查克轉向我，臉上露出一副困惑的表情。

「怎麼？他們沒關上地下室的門，那又怎樣？」

我抓住那扇開著的門，朝著階梯趴伏過去，藉著街燈黯淡的光線，瞇眼往裡頭瞧。

「下面有很多箱子，有一大堆紙盒。」

查克還是不懂我的意思。

這句英文怎麼說

是那間派對用品店的地下室！
The basement of the party store!

「也許所有的面具、服裝，還有其他派對用品都裝在那些紙箱裡，或許那些東西還沒被運走。」

「嘩！你在想什麼呀？」查克質問我。「你不會是要下去吧——是不是？你不會是要溜進下面那間黑暗的地下室，去偷一個面具——是不是？」

我沒有回答他，便逕自走下階梯了。

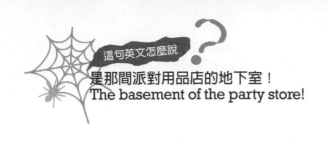

7.

當我走下樓梯時，心臟開始怦怦亂跳。樓梯的台階很狹窄，而且因爲雨水而一片濕滑。

「哇——！」我一隻腳在水泥台階上滑了一下，感覺身體往下跌去，不由得大喊一聲。我揮舞著雙手，想要抓住樓梯扶手——但這樓梯卻沒有扶手。砰的一聲大響，我摔倒在地下室硬邦邦的地板上——幸好是雙腳著地。我驚魂未定，深吸了一口氣，屏住氣息。

接著我轉向門口，抬頭呼喊查克：「我沒事，趕快下來。」

在街燈光線的照耀下，我看見查克愁眉苦臉的朝下望著我。

「我……我真的不想下去。」他輕聲說道。

這句英文怎麼說

我沒事，趕快下來。
I am okay, get down here.

「查克——快點。」我堅持道，「別待在巷子裡，如果有人開車經過看見你，他們會起疑心的。」

「但是現在已經很晚了，史蒂夫。」他嘀咕著說：「而且我們不該闖進別人的地下室……」

「我們又沒亂闖，」我不耐煩的對他說：「這門本來就是開著的——不是嗎？快一點，如果我們兩個一塊搜索這些箱子，五分鐘就找完了。」

「太黑了，我們又沒手電筒或什麼的。」查克低伏在門口抱怨道。

「我能看得見。」我回答。「快下來，你是在浪費時間。」

「但這是犯法的……」他正要開口，我看見他臉上的表情一變——汽車車燈從他身上掃過，嚇得他張大了口。他低低的吸了一口氣，俯身從門口鑽了進來，快步衝下樓梯。

他走過來，緊緊靠在我身邊，咻咻的喘著氣。

「我想他們沒看見我，」他的視線在寬闊的地下室裡掃視著。「太黑了，史蒂夫，我們還是回家吧！」

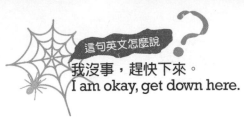

「讓你的眼睛適應一下，我看得滿清楚的。」我對他說。

我慢慢的環顧地下室。它比我想像中還要大，我看不見四周的牆壁，它們隱藏在黑暗中。

天花板很低，只比我們頭頂高個一、兩呎。即使是在黯淡的光線下，我也能看見屋樑上厚厚的蜘蛛網。

那些紙箱堆成兩排，擺放在靠近樓梯的地方。我還聽見屋子另一頭持續不斷的滴水聲。

「哇！」我聽到一陣匡啷的聲音，不由得跳了起來。

過了好幾秒鐘，我才搞清楚原來那是巷子裡的風吹動鐵拉門的聲音。

我走到最近的紙箱旁邊，彎下腰來檢視。紙箱的蓋口疊合起來，但是並沒有被封死。

「瞧瞧裡頭是什麼。」我伸手去拉開蓋口，輕聲說道。

查克把雙手緊緊交抱在胸前。「這麼做是不對的，」他反對道：「這是偷竊。」

這句英文怎麼說

你不會感到有些害怕嗎？
Aren't you a little scared?

「我們又沒拿走任何東西，」我也反駁著，「即使我們找到一個嚇人的好面具，把它拿走了，我們也只是借用而已，萬聖節過後就會歸還。」

「你……你不會感到有些害怕嗎？」查克輕聲問道，眼睛骨碌碌的繞著黑暗的房間打轉。

我點點頭，承認道：「沒錯，我的確有點害怕，這下面又冷又陰森的。」上頭的風又吹動了鐵門，我聽見微弱的滴水聲敲打在水泥地板上。

「快點行動吧！」我催促道，「幫我一起找。」

查克走到我身邊，但他只是瞪眼看著紙箱，並沒有動手幫忙。

我打開第一個紙箱，拉開厚紙板蓋口，往裡頭一看。

「這是什麼東西？」我伸手進去，拉出一頂甜筒形狀的派對帽。這個紙箱裡堆滿了帽子。

「太棒了！」我把帽子丟回箱中，開心的低聲對查克說：「我猜的沒錯，店裡所有的東西都堆在這兒，我們會找到那些嚇人面具的。我知道我們一定會！」

紙箱堆了好幾層，我從上層拉下另一個箱子，動手打開它。

「查克，你去看下面那個。」我吩咐他。

查克遲疑的伸手去拿箱子。

「我有種不妙的感覺，史蒂夫。」他喃喃說著。

「趕快找到面具就是了！」我的心臟怦怦直跳，正在拉開第二個紙箱的手也抖個不停，真是既緊張又興奮極了。

「這個箱子裡頭全是蠟燭。」查克說。

我這個紙箱裡則塞滿一疊疊派對桌墊、紙巾，還有紙杯。

「繼續找，」我繼續催促道，「面具一定在這裡。」

在我們上頭，風不斷的吹動著鐵門。希望它不會突然被吹得闔上，我可不想被關在這間冰冷黑暗的地下室裡。

查克和我又把兩個紙箱搬到從外頭射進來的一方光線中，我尋找的紙箱被膠帶封住了，正努力拆開膠帶。

當我聽見頭頂上傳來嘎吱聲時，不禁停下動作。

是地板在嘎吱作響嗎？

這句英文怎麼說

我們來看看這個箱子裡頭是什麼。
Let's see what's in this one.

我僵在原地，手還停留在紙箱上方。

「什麼聲音？」我低聲說。

查克對我皺皺眉，說：「什麼什麼聲音啊？」

「你沒聽見樓上傳來的聲音嗎？聽起來像是腳步聲。」

「我什麼也沒聽見。」查克搖搖頭。

我又留意了幾秒鐘。沒再聽見聲音，於是又回頭去拆紙箱。

我拉開紙箱，急切的往裡頭探看。

裡面是賀卡，有好幾打賀卡。我翻過一遍，有生日卡、情人節卡，一整箱的卡片。失望之餘，我把紙箱推到一邊，轉向查克。

「你的運氣如何？」

「還沒找到，我們來看看這個箱子裡頭是什麼。」

他用雙手把那個紙箱拉開，俯身往裡頭瞧去。

「噢，好噁心！」他喊道。

8.

「好噁心喲！」查克呻吟著說。

「什麼東西噁心？」我追問道。我跳過自己這邊的紙箱，跑到他的箱子旁邊。

「你自己看。」查克從紙箱裡拉出東西，咧嘴笑了起來。

當我看見那個醜陋的紫色面具時，頓時倒抽一口冷氣。那面具嘴裡長著支離破碎的牙齒，臉頰上還有個洞，裡頭鑽出一隻又長又肥的毛毛蟲。

「你找到了！」我尖聲叫道。

查克開心的笑了起來。

「一整箱的面具！而且全都噁心得要命！」

我從他手上搶過那個醜陋的面具，仔細端詳著。

這句英文怎麼說

我要怎樣才能挑出最好的一個呢？
How will I ever choose the best one?

「嘿——它是溫熱的！」

地下室裡十分寒冷，為什麼這個面具摸起來卻是溫熱的？

那毛蟲在醜陋的面具上晃來晃去，就像活的一樣。

我放下那個面具，把手伸進紙箱中，拉出另一個面具來——又是一張噁心的豬臉，嘴上還掛著濃稠的綠色黏液。

「這個面具很像嘉莉貝絲！」查克開玩笑道。

「這些面具比嘉莉貝絲去年戴的那個更嚇人。」我說。

我又從箱中拉出一個面具，那是一張毛茸茸動物的臉，有點像是大猩猩，不過牠有著兩根又尖又長的獠牙，一直伸到下巴之外。

我放下那個面具，抓起了另外一個；接著又拿起另一個，那是一個醜怪的禿頭，一顆眼珠用一條線掛在外面，額頭上還插著一支箭。

我把那個面具扔給查克，之後又拉出另一個。

「太棒了！」我開心的喊道，「這些面具會把那些孩子嚇死。可是我要怎樣才能挑出最好的一個呢？」

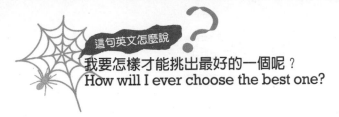

查克嫌惡的嘔了一聲，把他手裡的那個面具放回紙箱中。

「它們摸起來就像是真的皮膚，熱呼呼的。」

我完全沒去注意他，只是忙著翻弄紙箱底部。在我作出決定之前，我要看過每一個面具。

我要找到箱子裡最噁心、最嚇人的面具，要一個能把那些小一生嚇得噩夢連連的面具，比他們給我帶來的噩夢還多！

我拉出一個女孩臉孔的面具，有一隻蜥蜴的頭從她嘴裡冒出來。

不，這不夠嚇人。

於是我又拉出另一個面具，是一頭咆哮的野狼，嘴唇向外翻起，露出兩排鋸齒狀的利牙。

這個也太普通了。

我拉出一個醜怪的斜眼老頭面具，他歪扭著嘴，露出一種邪惡的獰笑，一根尖長變形的歪牙暴露在下唇外邊。

這個面具有著細繩般的黃色長髮，垂掛在老頭凹凸不平的額頭上；幾隻黑色

這句英文怎麼說

我可以聽見自己微弱的呼吸聲。
I could hear my own shallow breathing.

大蜘蛛在它的頭髮和耳朵裡爬著，額頭上一大塊肉不見了，露出底下灰白色的骷髏。這個面具還不壞，連味道聞起來都很噁心。

正當我要把面具放回去時，又聽見了嘎吱聲。

這次大聲了些，是我頭頂上的天花板在響。

我不禁倒抽了一口氣。那聲音聽起來眞的很像腳步聲，彷彿有人在上頭走動似的。

但是店鋪裡明明就是一片黑暗、空蕩蕩的呀！先前我和查克都往窗子裡瞧了好一陣子，如果有人躲在黑暗中，我們應該會看見的。

又是嘎吱一聲，嚇得我吸了一大口氣。

我僵住不動，側耳聆聽著。我聽見從黑暗的地下室那頭傳來的滴水聲，還有外頭鐵門嘎嘎搖晃的聲音。

我還可以聽見自己微弱的呼吸聲。

天花板又響了，我用力嚥著口水。

這是一棟老房子，所有的老房子都會嘎吱作響，尤其是在一個風大的夜晚。

一聲刺耳的腳步聲傳來，讓我不禁驚喘出聲。

「查克……你聽見了嗎？」

我抓著那個老頭面具，仔細聆聽著。

「你聽見了嗎？」我喃喃說著，「你想這屋子裡還有別人嗎？」

現場一片靜默。

緊接著，又是一聲摩擦地板的腳步聲。

「查克？」我低聲說，「嘿——查克？」

我的心臟怦怦作響，轉向查克的方向。

「查克？」

他不見了！

這句英文怎麼說

一陣恐懼讓我的一口氣卡在喉嚨裡。
A stab of fear made my breath catch in my throat.

9.

「查克？」

一陣恐懼讓我的一口氣卡在喉嚨裡。

我聽見球鞋重重踏在水泥地上的聲音，便立刻轉向樓梯。在幽暗的光線中，我看見查克消失在鐵門後面。

當他一進到巷子裡，馬上探頭回來，壓低聲音向下喊道：「史蒂夫——快出來！快點！快點出來！」

可是太遲了，只見天花板上的一盞燈亮了。

當我還在亮晃晃的燈光下眨著眼睛時，看見一個男子迅速的穿過地下室。

他快步走過牆邊，拉動一條長長的黑色繩索，接著那扇鐵拉門應聲關上，發出

一聲震耳欲聾的「噹啷」聲。

「噢！」當他怒氣沖沖的轉向我時，我不禁發出一聲微弱的呼喊。

我被困住了！

查克溜了出去，而我卻被困在裡面，跟這個男人一起關在地下室裡。

這人的樣子眞是怪極了！他穿著一件長長的黑斗篷，當他穿過屋子朝我走來時，斗篷在他身後不住的擺動著。

那是萬聖節的服裝嗎？

還是他平時就穿著黑斗篷？

在那不住搖曳的斗篷底下，他穿著一身黑衣，是一件老式的西裝。

他有著發亮的黑髮，中分的頭髮上抹著某種髮油，滑溜的垂在兩邊，嘴唇上還蓄著卷曲的黑色小鬍子，大約鉛筆一般粗細。

他站在我的上方，黑色眼睛像兩顆燃燒的煤球般閃閃發亮。

就像是吸血鬼的眼睛！

我渾身顫抖，抓住紙箱邊緣，想要回應他的目光。

這句英文怎麼說

那是萬聖節的服裝嗎？
Is that a Halloween costume?

我被困住了……

我一邊想著，一邊等他開口說話。

我被困住了，跟一個吸血鬼關在一起！

「你在這兒做什麼？」他終於開口了。他把斗篷甩到背後，雙手交抱在胸前，閃亮的眼睛嚴厲的瞪著我。

「啊……我只是想看看面具。」我勉強擠出這幾個字，整個人依舊跪坐在地上，因爲雙腿抖得太厲害了，站不起來。

「店鋪關門了。」男人咬著牙說。

「我知道。」我垂下雙眼看著地板，承認道：「我……」

「這家店已經結束營業，永遠關門了。」

「我……我很抱歉。」我喃喃說著。

他會放我走嗎？

還是會怎麼處置我？

如果我開口尖叫，也不會有人聽見的。

查克會去找人幫忙嗎？或者他已經在回家的半路上？

「我住在樓上，」男人怒目相向的對我說，「聽見下面有窸窸窣窣的聲音，好像紙箱被移動了，我正要去叫警察。」

「我不是小偷，」我衝口說出：「求求你不要叫警察。因爲那扇鐵門是開著的，我才和朋友一道下來。」

他迅速在屋子裡搜索一遍。「你的朋友？」

「他聽見你下來就跑走了。我只是想看看這兒有沒有面具，就是萬聖節用的呀……我不是要偷東西，只是……」

「但是店鋪關門了，」男人又說了一遍，朝我面前打開的紙箱瞥去。「這些面具非常特別，它們是不賣的。」

「不……不賣？」我結結巴巴的說。

「你不該闖進別人的店裡，」他搖著頭說，垂落的頭髮在天花板低矮的燈光下閃著微光。「你多大了？」

我腦中一片空白，張大嘴巴，卻說不出半句話來。我嚇得連自己幾歲都忘記

這句英文怎麼說

我不是小偷。
I am not a burglar.

了！

「十、十二歲！」我終於回答出來，接著深深吸了一口氣，讓自己鎮定下來。

「你才十二歲，就已經會闖空門了。」男人輕聲說道。

「我並不是闖空門！」我繼續抗議道：「我是說，我以前從來沒做過這種事。我是來買面具的，你看，我還帶了錢。」

我顫抖著手插進牛仔褲口袋，掏出那疊鈔票。

「二十五塊錢……」我說著把鈔票拿高，好讓他看見。「你看，這應該夠買一個面具了吧！」

「我告訴過你，小朋友，這些面具非常特別，它們是不賣的，相信我——你不會想要的。」他撫摸著下巴說。

「但是我想要呀！它們太嚇人了，是我見過最棒的面具。再過幾天就是萬聖節了，我需要一個面具，非常需要，求求你……」

「不！」男人斷然拒絕道：「不賣！」

「為什麼？」我哀號著。

他若有所思的看著我。

「太逼眞了……」他解釋道，「這些面具太逼眞了。」

「就是這樣才嚇人呀！」我又喊道，「拜託，求求你……收下我的錢吧！拿去。」我把那疊鈔票向他推去。

他沒有回答，反而轉身走開，斗篷在身後飄蕩著。

「跟我來，小朋友。」

「什麼？要上哪兒去？」

一陣冰冷的恐懼滑過我的背脊，我仍舉著拿錢的手。

「跟我上樓，我要打電話給你的父母。」

「不！」我尖叫道：「求求你……」

要是爸媽發現我闖進別人店鋪的地下室被逮到，他們鐵定會抓狂的。他們會罰我禁足一輩子！我會錯過這次萬聖節——還有今後三十年的萬聖節！

「我不想叫警察，」男人冷冷的看著我，輕輕說著：「寧可通知你的父母。」

「求求你……」我慢慢爬起來，低聲懇求道。

這句英文怎麼說

這些面具太逼真了。
The masks are too real.

突然間，我想到一個主意。

我可以逃跑呀！

我快速的向那道通往鐵門的水泥樓梯瞥了一眼。

如果我拔腿逃跑，跑得很快、很快，就可以在他抓住我之前跑上樓梯。鐵門雖然關著，但也許並沒有鎖住。我可以從下面把它推開，迅速逃跑。

我又朝樓梯瞥了一眼。

值得一試。

我暗自決定道。

於是我深吸一口氣，屏住氣息，接著默數到三。

一……二……三！

數到三的時候，我拔腿狂奔。我的心臟怦怦直跳，比球鞋落在硬地板上的聲音還要響，但我大約花了一秒半就跑上了樓梯。

「嘿——站住！」我聽見穿斗篷的男人驚呼一聲，往我身後撲來。我聽見他沉重的腳步聲。

「站住，年輕人！你要到哪兒去？」

我頭也不回，腳步也絲毫沒慢下來，兩步併作一步的爬上台階。

成功了！成功了！

我成功脫逃了！

我來到樓梯頂上，伸出雙手，使盡全力推著頭上那扇鐵門。

但是鐵門一動也不動……

這句英文怎麼說

我一定得打開這扇門！
The door has got to open!

10.

「噢——！」我驚呼出聲。

穿斗篷的男人已經來到樓梯底下，我脖子後面甚至能夠感覺到他的呼吸了。

我一定得打開這扇門！

我對自己說。

一定得打開！

我深吸一口氣，用肩膀往門上頂去。

我拚命往上推，口中發出緊張的呻吟聲。

我努力推了又推。穿斗篷的男人已伸手過來抓我，我感覺到他的手指擦過我的腳踝。

我把那隻手踢開，又用肩膀往門上撞去。

這一撞，門開了——

「太好了！」當我連滾帶爬的逃進巷子裡，喉嚨裡不禁發出一聲興奮的呼喊。寒冷的空氣吹拂在我滾燙的臉上，我忽然被什麼硬東西絆了一跤——像是塊石頭或磚頭。

我並沒有停步去看，只是沒命的跑出窄巷，直奔到店鋪前面的人行道上。

我前後掃視著尋找查克的蹤影，卻連個影子也沒看到。

披斗篷的男人有沒有追出門來？他還在追趕我嗎？

我轉回巷口，只見一片漆黑。

接著我拔腿就跑，沒命的快跑，兩腳簡直就像在人行道上飛著。我衝過馬路，明亮的燈光灑在我身上。一輛車朝我按喇叭，把我嚇得幾乎跳起一丈高。那輛車呼嘯著駛過我身邊。

「嘿，史蒂夫——」查克從一叢高高的冬青樹後面現身。「你逃出來了！」

「是呀！我逃出來了。」我上氣不接下氣的回答。

這句英文怎麼說

他還在追趕我嗎？
Was he chasing after me?

「我、我不知道該怎麼辦……」他結結巴巴的說。

「所以你就光是站在這兒？」我搖搖頭說。

「我在等你……我很害怕。」

眞是會幫忙的傢伙啊！

「快走吧！」我回頭往街道對面瞥了一眼，催促道：「也許他會追來。」

我們並肩跑著，呼出來的氣息在夜晚的冷空氣中變成煙霧。房屋和黑暗的草坪在耳邊呼嘯而過，混成一片灰黑色。我們彼此沒有再交談半句話。

跑過三條街後，我們來到查克家門口，我放慢了腳步，接著靠在牆上，想要緩和側腹劇烈的疼痛。我只要跑超過幾條街，肚子就會像這樣發疼。

「再見了，」查克上氣不接下氣的喊：「可惜你沒拿到面具。」

「是呀，太可惜了。」我哀聲嘆氣的說。

我看他沿著房子邊上跑去，直到消失在屋子後面。我深深吸了一口氣後，繼續上路。現在我改成慢跑了，往我位在下一條街的家跑去。

我的心臟仍在胸腔裡怦怦亂跳，但已經覺得鎮定一些了。那個穿著黑斗篷的男人並沒有來追我們，幾秒鐘後，我就可以平安到家了。

當我跑上我家車道中間時，我放慢腳步，停了下來。側腹的刺痛現在已經消退，只剩下一絲隱隱作痛。

我走進從前門門廊射出的黃色燈光中，聽見我的狗史帕奇正在屋裡吠叫。史帕奇知道我回來了。

當我爬上前門的台階時，臉上泛起一抹微笑——得意的微笑。

我對自己感到很滿意，事實上，我簡直開心極了。我想要跳到半空中，或是狂舞一番、學公雞啼叫，或者仰起頭來對著月亮號叫。

今天晚上眞是太成功了！

我沒有告訴查克，因爲我不想讓查克知道。

當那個穿斗篷的男人扭開地下室的燈時——就在那千分之一秒，在他看見我、我也看見他之前——我從紙箱裡抓起了一個面具，把它塞進運動衫底下。

我拿到面具了！

這個面具得來不易。而且跟那個古怪男人一起關在那間令人毛骨悚然的地下

這句英文怎麼說

今天晚上真是太成功了！
The evening had been a total success.

室，是我這輩子最可怕的經驗了！

但是我拿到面具了！它現在安安穩穩的藏在我的運動衫裡。

當我奔跑的時候，我可以感覺到它抵著我的胸部。我現在伸手去開門時，也能感覺到它溫熱的貼著我的皮膚。

我眞是太開心了！簡直得意極了！

忽然，我感覺到那個面具動了起來。

有什麼尖銳的東西扎進我的胸口，我不禁尖叫起來——

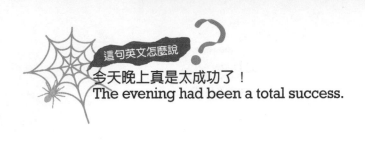

11.

我抓住運動衫的前襟，雙手緊緊壓住鼓起來的面具。

「哎呀！」我低聲抱怨，把面具在衣服底下擺好。

別再胡思亂想了，史蒂夫。我斥責自己。

冷靜一點，這面具只不過是從你胸膛上滑落下來，如此而已。它並沒有動，也沒有咬你。

進屋裡去，我命令自己，把這東西藏在房間的抽屜裡，讓自己鎮定下來。

我爲什麼會這麼緊張？

最可怕的部分已經過去，我也已經拿到一個很棒的面具，順利逃脫了。現在該輪到我去嚇唬別人了，我幹嘛要站在這兒自己嚇自己？

這句英文怎麼說

我為什麼會這麼緊張？
Why was I so nervous?

我仍然抓著運動衫的前襟，輕輕把前門推開，走進屋裡。

「下去，夥計！下去，史帕奇！」當我那隻黑色小狗撲過來迎接我時，我對牠喊道。牠從地板上高高躍起，跳到我身上激動的吠叫著，好像有二十年沒見到我似的。

「下去，史帕奇！下去！」

我原本打算悄悄溜進屋子，跑上我的房間，在爸媽聽見我回來之前先把面具藏好，但是史帕奇毀了這個計畫。

「史蒂夫——是你嗎？」媽媽像一陣風似的衝進客廳。她焦躁的皺著眉，怒目瞪著我，氣憤的把垂在眼前的一綹金髮吹開。「你到底上哪兒去了？我跟你爸爸先吃飯了，你的晚飯現在已經涼透了！」

「對不起，媽媽。」我一邊抓著運動衫的前襟，好讓面具待在原位，一邊努力把史帕奇推開。

那綹頭髮又掉回她的前額，她再次把它吹開。

「你說，你到底上哪兒去了？」

「我……呃……」

快點想個理由呀！史蒂夫。

我總不能告訴她，我偷溜出去，到一間店鋪的地下室去偷了一個萬聖節面具回來。

「我得去幫查克辦點事情。」我終於開口回答。

當然，這是謊話。不過，應該不算是什麼嚴重的謊話吧！

我通常還滿誠實的，但現在我只關心如何保有這個面具！既然已經拿到面具，我急著要把它從運動衫底下取出來，藏在房間裡某個安全的地方。

「你應該事先告訴我你要上哪兒去，」媽媽責備我，「你爸爸出去買東西了，不過他也很生氣……你應該回家吃晚飯的。」

我低下頭說：「對不起，媽媽。」

史帕奇抬頭看著我。

牠是盯著我運動衫鼓起來的地方嗎？如果狗兒看得見，媽媽也會發現的。

「我上去脫外套，馬上下來。」我對她說。

這句英文怎麼說

你應該事先告訴我你要上哪兒去。
You should have told me where you were going.

我沒給她機會回話，立刻轉身跳上樓梯，兩步併作一步的跑上樓。我跑過走廊，衝進房間，砰的一聲把門關上。

我花了幾秒鐘的時間才喘過氣來，並且留神聆聽，確定媽媽沒有跟著我上樓。她沒跟著上來。我聽見她在廚房裡走動，替我準備晚飯。

我等不及要好好看看那個面具了。

我拿了哪個面具呢？

當地下室的電燈亮起時，我看都沒看，就隨手抓起一個面具塞進運動衫裡。

現在，我急切的伸手到運動衫底下，拉出我那得來不易的戰利品。

「哇啊！」我用雙手舉起面具，好好欣賞著。

是那個老頭的面具！我拿到那個怪老頭的面具。

我理了理它細繩般的黃白色長髮，握著它兩隻尖尖的大耳朵，把它舉到面前，仔細檢視著。

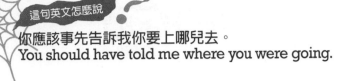

一顆白森森的牙齒掛在下唇外面，牙齒中央還有一個褐色的蟲洞。

我明白了！剛才在前門台階上，就是這根大牙刮到我的胸口，讓我以爲面具在咬我。

面具的嘴巴扭曲著，露出一抹邪惡的冷笑。它的嘴唇翻捲著，像是兩隻褐色的毛毛蟲；長鼻子的兩個鼻孔裡，都掛著濕答答的綠色黏液；額頭上一塊方形的皮膚脫落了，我可以從洞裡看見灰色的頭骨。

整張臉孔佈滿紋路和皺褶，皮肉呈現一種噁心的綠色，皮膚好像正要從臉上剝落似的；凹陷的臉頰上還長著許多突起的深色疙瘩。

像細繩般的黃色頭髮裡面，爬著幾隻黑色的蜘蛛，還有蜘蛛從兩隻耳朵裡探出頭來。

「好噁哦！」我喊道。

我手上拿著的，會不會是全世界最恐怖的萬聖節面具？

不，是全宇宙最恐怖的！

光是把這個面具拿在手裡，我就開始覺得有些反胃了。

我用一隻手指摩擦面具生滿疙瘩的臉頰，皮膚摸起來溫溫熱熱的，就像是眞的人皮。

這句英文怎麼說

我該試戴看看嗎？
Should I try it on?

「嘿、嘿、嘿！」我模仿老頭子的笑聲，試著發出幾聲乾笑。「嘿、嘿、嘿！」當心了，豬玀們！

當我在萬聖節夜晚戴著這個面具跳向你們時，準能把你們嚇得屁滾尿流！

「嘿、嘿、嘿！」

我把面具醜怪的長髮撥到腦後時，手指碰到糾結在頭髮裡的蜘蛛。那些蜘蛛摸起來不像橡膠，倒像是面具的皮膚一樣，軟軟溫溫的。

接著我開心的低頭看著那張令人作嘔的老臉，它也冷笑回瞪著我，毛毛蟲般的褐色嘴唇也像在抖動一般。

我該試戴看看嗎？我拿著面具，走到衣櫥門上的鏡子前面，迫不及待想要看看自己戴上面具的樣子。

於是我決定套上面具，一秒鐘就好——那足以讓我看見自己的模樣有多醜怪、多嚇人了。

我用雙手捧著面具，把它舉到頭上，再慢慢的、小心的……非常、非常小心的把面具往下拉，套在自己的臉上。

12.

「史蒂夫——！」

媽媽在樓下大聲喊我，把我嚇了一跳。

「史蒂夫——你在哪裡？快下來吃晚飯！」

「來了！」我回應一聲，放下面具，決定晚一點再試戴。

我快步走到衣櫃前面，拉開裝襪子的抽屜，再理一理面具醜臉上爬滿蜘蛛的長髮，小心翼翼的把面具放進抽屜、藏在幾雙襪子底下後，關上抽屜。

我匆匆下樓，走進廚房。媽媽在餐桌上放了一盤沙拉，還有熱過的起士通心粉。

聽到肚子咕咕直叫，這才發現自己早就餓壞了。於是我趕緊坐下來，把沙

這句英文怎麼說

我匆匆下樓，走進廚房。
I hurried down to the kitchen.

拉推開，迫不及待的叉起通心粉來吃。

我瞥眼看見史帕奇正抬著頭，用牠那雙充滿靈性的黑色大眼睛盯著我瞧。牠看見我在看牠，便把頭歪向一邊。

「史帕奇，你不喜歡通心粉——記得嗎？」

牠把頭歪向另一邊，像是要理解我的話。我丟給牠幾根通心粉，牠嗅了幾下，把它們留在地板上。

媽媽正在我背後忙著清理冰箱，好空出位置放爸爸採買回來的雜貨。我好想告訴她關於那個可怕面具的事，也想把面具拿給她看，或是戴上面具，嚇得她放聲尖叫。

但是我知道，她會問我一大堆問題：在哪兒買的？多少錢？我花掉多少零用錢……這些問題我全都答不出來。

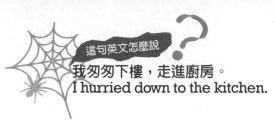

所以我只好咬緊牙關，強迫自己千萬別說溜嘴，告訴她這個大好消息：今年萬聖節，我不用再扮成流浪漢了！

我過去五年來的萬聖節裝扮——就是流浪漢。事實上，那根本算不上什麼裝扮，我只是穿著爸爸的一件寬鬆舊外套，還有打了補丁的長褲，再讓媽媽在我臉上抹些煤灰，讓我看起來骯髒、邋遢就算了事。最後肩膀上扛一根釣魚竿，上頭再掛個破背包，就是我的全部行頭了。

簡直無聊斃了！

今年萬聖節可就不同了，我對自己承諾，今年萬聖節不會再無聊了。

我真是太高興了。當我狼吞虎嚥的吃著起士通心粉時，那個恐怖的面具一直在我腦海裡縈繞不去。

我決定不告訴任何人關於面具的事，我要去嚇唬自己認識的每一個人。

就連查克我也不說。畢竟，他把我一個人留在黑暗的地下室，自己先跑掉了。

當心點！查克老弟。

我一邊對自己說著，一邊咧嘴笑了起來。

由於笑得太開心了，連嘴裡的通心粉都掉了出來。

當心，我要把你也嚇個半死！

這句英文怎麼說

我只覺得萬事皆美好。
Everything looked beautiful to me.

13.

第二天放學後，我照常帶領那群小一生練習足球。寒冷而晴朗的十月午後，褐黃色的落葉被陽光照著，像黃金一般閃閃發光；朵朵白雲像柔軟的棉花般，緩緩飄過藍天。

我只覺得萬事皆美好，因爲明天就是萬聖節了。

當我正凝望著浮雲時，瑪妮一腳踢起足球，正中我的肚子。

我抱著肚子，疼得彎下腰來；鴨子班頓和另外兩個孩子跳到我的背上，把我壓倒在爛泥地上。

我不在乎。事實上，我還笑了起來。

因爲我知道，我只需要再等一天。

我試著向他們示範如何傳球，當我跑過邊線時，安德魯伸出一隻腳，把我絆了一跤。我摔進旁邊的腳踏車棚裡，下巴撞在一輛車子的把手上，滿眼直冒金星。

但是我不在乎。我爬了起來，臉上還帶著笑容。

因為我知道一個祕密——一個邪惡的祕密——是那些孩子不知道的。我知道今年的萬聖節夜晚，自己將一吐胸中的鬱悶，得到前所未有的滿足。

直到四點鐘，我結束了足球練習，已經衰弱得連哨子都吹不動了。我的衣服上沾滿泥巴，走路一跛一拐的，身上的擦傷和淤青大約有二十個。

跟「恐怖豬玀隊」練球，這算是司空見慣的。

但是我會在乎嗎？

你知道答案囉！

我讓他們集合，繞著我圍成一個圓圈。他們互相推打，拉扯頭髮，彼此喊著不堪入耳的綽號。我之前已經說過——他們根本就是野獸。

我舉起雙手，要他們安靜下來。

「我們明天來舉辦一個豬玀隊的萬聖節特別派對吧！」我提議道。

這句英文怎麼說

我們為什麼一定要在那兒集合？
Why do we have to meet there?

「好耶——」他們歡呼起來。

「明天練習結束後，我們回家換好服裝集合，」我繼續說道，「全隊都要來，我領著你們大家一起去討糖果。」

「哦耶——！」又是一陣歡呼。

「告訴爸媽把你們送到之後就先回去。這將是屬於我們的特別派對，我們要在卡本特老宅前面集合。」

孩子們頓時陷入一片靜默，這回他們沒有歡呼了。

「我們爲什麼一定要在那兒集合？」安德魯問道。

「那棟老房子不是鬧鬼嗎？」瑪妮也輕聲問。

「那個地方太恐怖了。」鴨子跟著說。

我瞇起眼睛瞪著他們，使出激將法。

「你們該不會是怕了吧？」我逼問著。

又是一片靜默，他們彼此交換著緊張不安的目光。

「是嗎？你們全都沒膽子跟我到那兒碰面嗎？」我再問道。

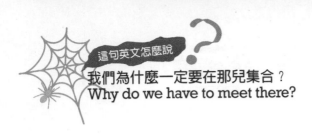

「才怪！」瑪妮堅決的說。

「哼！我們才不會害怕一間愚蠢的老房子呢！」

他們紛紛吹噓自己有多勇敢，全都說會在那兒跟我碰面。

「我有一次親眼見到鬼，」強尼誇口道，「就在我家車庫後面。我大喝一聲，那鬼就飄走了。」

這些孩子雖然是野獸，卻也很有想像力。

其他孩子開始譏笑強尼。他堅持自己說的是眞的，一直強調他見過鬼。於是其他孩子們把他推倒在地上，渾身都沾滿了泥巴。

「嘿，史蒂夫——你萬聖節要扮成什麼？」瑪妮問我。

「是呀，你要穿什麼服裝？」安德魯也追問。

「他要扮成一堆有毒廢棄物！」有人開玩笑說。

「不，他要扮成芭蕾舞伶。」另一個人又說。

他們全都爆笑、鼓譟起來。

繼續笑吧！小傢伙……現在讓你們笑個夠，一旦你們在萬聖節夜晚看見我

這句英文怎麼說

他要扮成芭蕾舞伶。
He's going to be a ballerina!

時，我將會是唯一笑得出來的人。

「呃……我要扮成流浪漢，」我對他們說，「你們會認得我的，我會穿著一件破爛的舊外套，臉上塗得髒兮兮的，像個混混……」

「你本來就是個混混！」我的一位忠實隊員喊道。

緊接著又是一陣瘋狂的爆笑和噓聲，外加一陣混亂的推打、扯頭髮、滾倒在地上扭打的戲碼。

幸好，他們的父母和保母來接他們了。我臉上掛著一個大大的笑容——一個大大的、邪惡的笑容——看著他們離開。

隨後我抓起背包，快步跑回家。我一路上都用跑的，急著要回去再瞧瞧那個面具。

當我經過查克家時，他跑了出來。

「嘿，史蒂夫……發生了什麼事嗎？」他喊道。

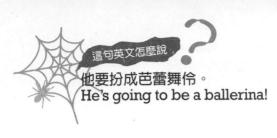

「沒什麼。」我喊回去。「待會兒再聊，兄弟。」

我一步也沒停留，繼續跑著。我不想跟查克閒扯，只想要趕緊回去看我的面具。我要提醒自己它有多麼恐怖，多麼嚇人！

我衝進前門，一步跨上三級樓梯，直接往樓上的房間奔去。

我火速跑過長長的走廊，轉進房間，把背包扔在床上，快步跑到房間另一頭，來到衣櫃前面，急切的拉開放襪子的抽屜。

「啊？」

我往抽屜裡看去，雙手微微發顫，撥開幾雙捲成球狀的襪子……

面具不見了!?

這句英文怎麼說

面具不見了。

The mask was gone.

14.

「不！」

我開始狂亂的在抽屜裡頭掏摸，把所有襪子都扔到地板上。

我找不到面具，它不見了。

捲成球狀的襪子滿地亂彈，我的心也七上八下的怦怦亂跳。

這時我突然想起，我把面具藏到別的地方去了。早上上學之前，我擔心媽媽可能會洗衣服，便打開裝襪子的抽屜，然後看見我的面具。

於是我把面具塞進櫥櫃裡，藏到綑起來的睡袋後面。

我噓了一口長氣，手腳落地趴了下來。

我很快的收拾起所有襪子，把它們塞回抽屜裡；接著打開櫥櫃的門，把面具

從最頂上的一層拿了下來。

史蒂夫，你得冷靜下來。

這只不過是個萬聖節面具，你千萬別再自己嚇自己了。

有時候，斥責自己、給自己一點忠告，倒還滿管用的。

我覺得自己緩緩鎮定下來了，把面具細繩般的黃髮撥到後面，撫摸面具臉上凹凸不平、長滿疙瘩的皮膚。

面具褐色的嘴唇對著我冷笑。我用小拇指戳戳大牙上那個噁心的蟲洞，又捏捏藏在耳朵裡的蜘蛛。

「眞是酷斃了！」我出聲說道。

我沒法再等上一整天、等到萬聖節了，我得先秀給什麼人看看。

不！我得用它來嚇嚇人。

查克的臉孔立刻浮現在我的腦海。我的老朋友查克是最完美的目標，而且他現在在家，幾分鐘前我才看見過他。

呵呵……他一定會被嚇得魂飛魄散。

這句英文怎麼說

我的老朋友查克是最完美的目標。
My old friend Chuck was the perfect victim.

查克以爲我兩手空空的逃出那間地下室，如果我悄悄潛進他家，戴著這個恐怖的面具從他面前跳出來，他一定會嚇昏的！

我朝時鐘瞥了一眼，距離晚飯時間還有一個鐘頭，爸爸媽媽甚至還沒回家呢！好，就這麼決定啦！

「嘿、嘿、嘿！」我練習模仿老頭子的乾笑聲，這是我所能發出最邪惡、最嚇人的笑聲。「嘿、嘿、嘿！」

我用雙手抓住面具滿是皺紋的脖子，走到鏡子前面，把面具舉到頭上，再把它往下拉。

它很輕易的就滑過我的頭髮。當我把它拉過臉頰時，感覺軟軟溫溫的。接著拉過耳朵，套上臉頰，往下，往下，再往下……

我把面具往下拉，直到自己感覺面具的頂端套在我的頭髮上。之後轉動面具，好讓自己能從狹窄的眼洞裡看出去。

我放下雙手，朝鏡子走近幾步，仔細的端詳自己。

好熱喲！

我突然覺得好熱。這個橡皮面具緊緊貼在我的臉頰和額頭上，感覺更熱了。

「嘿——！」當我的臉孔開始發燙，不禁喊出聲音來。

好熱呀……好難呼吸哦！

「嘿……這到底是怎麼一回事？」

這句英文怎麼說

我突然覺得好熱。
I suddenly felt too warm.

15.

我感覺到面具在我臉上越綳越緊，兩頰火熱發燙，一股酸味向我襲來，令我窒息。

我快喘不過氣來了！於是用嘴巴吸了一大口氣，但是面具太緊了，我幾乎無法呼吸。

我用雙手抓住面具的耳朵，面具外面摸起來很正常，但是裡頭簡直就像火在燒似的。

我想把面具拉掉，卻拉不上去，滾燙的橡皮緊緊貼在我的臉上。

當那股酸腐的氣味又朝我襲來時，我忍不住呻吟出聲。

我拚命喘著氣，抓住面具細繩般的頭髮，用力拉扯著。接著把手伸進下巴底

下，用力向外推擠。

「噢——！」我的喉嚨裡發出一聲病懨懨的呻吟，兩手無力的垂落下來。

突然間，我覺得好疲倦、好虛弱，虛弱得不得了。

每一口呼吸都好費力。我彎下腰來，身體顫抖起來。

我覺得好虛弱、好衰老……

衰老!?

這就是身爲老人的感覺嗎？

冷靜下來！史蒂夫，這只不過是個橡皮面具罷了，有點太緊就是了，如此而已。它黏在你的臉上，但是你可以把它拉下來，你會沒事的。

冷靜一點，數到十，到鏡子前面好好的檢查這個面具。抓牢面具下邊，你就能把它拉起來，沒問題的。

我數到十，接著走到鏡子前面。

當我看見鏡子裡的倒影時，差點失聲尖叫了起來。

這個面具眞的太恐怖了！好逼眞、好噁心哦！

這句英文怎麼說

這個面具真的太恐怖了！
The mask really was awesome!

我的雙眼從面具裡向外凝視，使得整張臉像是活了起來。那褐色的嘴唇對著我冷笑，當我挪動嘴唇時，它們好像也在動。兩坨綠色的黏液在大大的鼻孔裡顫動著，糾結在黃色頭髮裡的蜘蛛也像在爬動一般。

這只是個面具罷了，一個很酷的面具……

我這麼對自己說，並覺得鎮定一點了。

但是我的喉嚨裡突然發出一陣乾笑。

「嘿、嘿、嘿！」

這不是我的笑聲！

這根本不是我的聲音！而是老頭子的乾笑聲。

到底是怎麼回事？我怎麼會發出這麼奇怪的聲音？

我摀住嘴巴，不想再發出那個聲音。

「嘿、嘿、嘿……」

又是一陣恐怖的乾笑聲！那是一種尖銳刺耳的聲音，與其說是笑聲，倒不如說是嘶嘎的乾吼。

我繃緊了下顎，咬緊牙關，連大氣都不敢喘一下，以免再發出那樣的怪異笑聲。

「嘿、嘿、嘿！」

不是我發出來的！是誰在那樣乾笑……

那個乾澀尖銳的聲音，到底是打哪兒來的？

我張口結舌的盯著鏡子裡的那張老臉，突然害怕得一動也不敢動。

接著，我感覺到一隻強而有力的手抓住了我的腿……

這句英文怎麼說

我倒抽一口冷氣，猛地轉過身來。
With a choked gasp, I whirled around.

16.

我倒抽一口冷氣，猛地轉過身來。

透過面具狹窄的眼洞，我往下望去——原來箝住我的腿的，並不是手，而是牙齒——狗的牙齒。

「史帕奇——原來是你！」我喊道，但是我的聲音聽起來就像是乾澀的耳語。

史帕奇後退幾步。我清清喉嚨，再試一次。

「別怕，史帕奇。是我呀！」

這回我的聲音聽起來更像是一陣乾咳，就像是我祖父的聲音！

現在我不僅有張老人的臉，就連聲音也像個老頭子，而且我覺得既疲倦又衰弱。

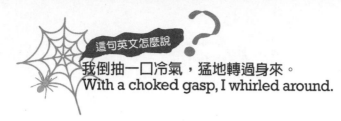

當我伸手要摸史帕奇時，手臂竟軟軟的垂著，彷彿有一千斤重。當我彎腰的時候，兩邊膝蓋都嘎嘎作響。

史帕奇抬頭望著我，然後把頭歪向一邊，短短一截尾巴激動的搖個不停。

「別怕，史帕奇，」我用那粗嘎的聲音說，「我只是在試戴面具。很嚇人是不是？」

我低下頭來，想要抱起史帕奇。

但是當我彎身向前時，看見史帕奇的眼睛突然睜大，眼裡充滿恐懼。牠尖叫一聲便從我手中跳開，飛快的衝到房間另一頭，一路高聲狂吠，叫聲驚恐無比。

「史帕奇——是我呀！」我急忙喊道，「我知道我的聲音不一樣了，但我還是我呀——我是史蒂夫呀！」

我想去追牠，但是兩條腿痠軟無力，膝蓋也無法彎曲。

我試了三次，終於勉強站起身來。我的頭好痛，氣喘吁吁，根本沒辦法去追史帕奇。

這句英文怎麼說

面具的邊緣在哪裡呢？
Where was the bottom of the mask?

我聽見牠已經衝到樓下，沒命似的叫著。

「眞奇怪……」我喃喃自語，並撫摸著痠痛的背部，蹣跚的走回鏡子前面。

史帕奇以前也見過我戴面具，但牠都知道是我。爲什麼這次牠會這麼害怕呢？是因爲這奇怪的聲音嗎？

這個面具怎麼會把我的聲音變得又乾又粗呢？我爲什麼突然覺得自己有一百一十歲了呢？

至少現在我的臉已經不再覺得像是著火似的，但是面具的皮膚仍然緊緊貼在我臉上，連動動嘴唇都很困難。

我決定先把這玩意兒脫下來。等到萬聖節晚上，再把查克嚇個屁滾尿流吧！

我抬起雙手，在脖子上摸索面具的邊緣。但脖子摸起來滿是皺紋、凹凸不平，皮膚顯得又粗又乾。

面具的邊緣在哪裡呢？

我貼近衣櫥門上的鏡子，瞇起眼睛看著鏡中的自己，仔細盯著面具的脖子——皺巴巴的皮膚上，佈滿了難看的褐色斑點。

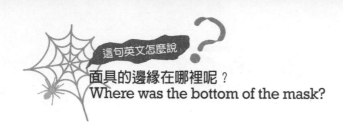

但是邊緣在哪兒呢？面具和我脖子的分界在哪裡？

當我上上下下摸索著喉嚨時，雙手也顫抖起來。我感覺到自己的心跳正在加快，雙手則慢慢的、小心的在脖子上移動。

我摸了一次又一次，最後雙手頹然垂落，口中發出一聲疲憊而恐懼的嘆息。

這個面具沒有邊，面具和我的脖子之間根本沒有界線！

這張佈滿皺紋和斑點的臉皮，已經變成了我的臉皮……

「不……不……！」我口中發出老頭子的哀號聲。

我一定得拿掉這玩意兒！一定會有辦法的！

我捏著面具的臉頰，用盡全力拉扯它。

「噢！」臉上感到一陣劇痛。

我拉扯著面具的頭髮，結果頭皮上也是一陣劇痛。接著狂亂的抓住面具，死命的拉它、扯它、拍它。

每個動作我都感覺得到，每拍一下、每拉一下，都會弄痛我的皮膚，彷彿它就是我自己的臉皮。

這句英文怎麼說

我一定得拿掉這玩意兒！
I had to get the thing off me!

「眼洞！」我嘶聲喊道。

我伸手摸著眼洞。也許我可以將手指插進眼洞裡，再把面具拉起來。

雙手摸索著兩眼周圍，顫抖的手指又摸又戳，拚命尋找著。

但是……沒有眼洞，根本就沒有縫隙。

這張長滿皺紋和疙瘩的臉皮已經和我的臉融合爲一，它已經變成我的臉皮了。令人作嘔的醜陋面具已經變成我的臉了！

我看起來就像個被蜘蛛寄生的枯朽老人，令人看了就害怕。而且我覺得自己既衰老又虛弱，就跟我的外表一樣。

我喉嚨一緊，害怕極了，不禁倒向鏡子，將那凹凸不平的醜怪前額靠在玻璃上。我閉上眼睛思索著。

我該怎麼辦？我該怎麼辦？

這個問題像個不祥的魔咒般，不斷在我的腦海打轉。

忽然，我聽見前門砰的一聲關上，接著聽見媽媽的聲音從樓梯底下傳來。

「史蒂夫……你回家了嗎？史蒂夫？」

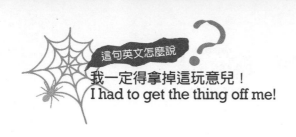

我該怎麼辦？該怎麼辦……

同樣的問題在我腦袋瓜裡響個不停。

「史蒂夫？」媽媽又喊道，「快下來，我要給你看個東西。」

不！

我用力嚥著口水，乾澀的喉嚨發出一聲噁心的咕噥。

不！我不能下樓！我不能！

我不要讓妳看見我這副模樣！

「噢，算了，」媽媽繼續說著，「我自己上來好了。」

這句英文怎麼說

我不要讓你看見我這副模樣。
I don't want you to see me like this.

17.

我聽見她上樓的腳步聲。

一陣驚恐之下，我趕緊向門口歪倒過去，幾乎摔了一跤。我衰老的雙腿僵硬極了，沒辦法快速移動。

我一跛一拐的走到門邊，在媽媽剛走上二樓的時候及時關上門。我靠在門上，伸手撫著急速跳動的胸膛，努力要喘過氣來。

快想辦法，想想該說些什麼。

我不能讓她看見我這副樣子，更不能讓她看見這個面具，她一定會開始問一大堆問題。我也不能讓她發現這個面具讓我變了個人。

幾秒鐘後，她在我門上輕輕敲了敲。

「史蒂夫，你在房裡嗎？你在做什麼？」

「啊……沒什麼，媽媽。」

「哦，我可以進來嗎？我帶了東西給你。」

「現在先別進來！」我嘎聲說道。

拜託別打開門！

我在心裡懇求道。

拜託不要進我的房間！

「史蒂夫，你的聲音怎麼這麼奇怪？」媽媽問道：「你的聲音是怎麼回事？」

「啊……我喉嚨痛，媽媽，並且痛得很厲害。」

「讓我看看你，你生病了嗎？」我低頭一瞥，看見門把正在轉動。

「不！」我尖叫一聲，用背頂著門。

「你沒生病嗎？」

「我是說……我生病了。」我用那衰老發顫的聲音說道：「我覺得不太舒服，媽媽。我想上床躺一會兒，待會兒再下樓好嗎？」

這句英文怎麼說？

我可以進來嗎？
May I come in?

我盯著門把，傾聽她隔著門板傳來的呼吸聲。

「史蒂夫，我買了你最喜歡的黑白小餅乾，是你最愛吃的。你要吃一個嗎？也許會讓你覺得舒服一點。」

我的肚子咕咕作響。那種餅乾是我的最愛，一頭沾著巧克力，另一頭沾著香草醬。

「我待會兒再吃。」我呻吟著說。

「但我是專程繞了兩哩路去幫你買的耶！」媽媽說。

「我待會兒再吃，我真的很不舒服。」我說的是實話。我的太陽穴陣陣抽痛，渾身痠痛不堪。

我覺得好虛弱，幾乎都快站不住了。

「那我晚飯時再叫你。」媽媽說完，我聽著她走下樓梯，才蹣跚的走到床邊，讓自己衰老的身軀倒在床上。

「現在該怎麼辦？」我問自己，並按了按自己長滿疙瘩的臉頰。「怎樣才能脫掉這玩意兒？」

我閉上疲憊發燙的雙眼，努力思考了幾分鐘，嘉莉貝絲的臉孔猛然飄進我的腦海。

「對了！」我嘎聲喊道：「嘉莉貝絲是全世界唯一能夠幫我的人。」

去年萬聖節，嘉莉貝絲戴著從同一家店買來的面具，也許她也發生過同樣的事。也許面具也黏在她的臉上，讓她變了個人。

後來她把面具拿下來了，所以應該知道要怎樣做才能脫掉面具。

電話擺在房間另一頭，在書桌上的電腦旁邊。通常我只需要三秒鐘就能走到那兒拿起電話，但是現在我花了三分鐘，氣喘吁吁的讓自己衰老的身體站起來；又花了五分鐘，才把自己拖到房間那頭。

當我坐倒在書桌前面的椅子上時，已經感到筋疲力竭了。我使盡全力，才把手抬起來，按下嘉莉貝絲的電話號碼。

我不能這樣下去，她一定得幫我，她一定得知道怎樣把面具脫掉。

鈴響三聲之後，嘉莉貝絲的爸爸接起電話。

「喂？」

這句英文怎麼說

嘉莉貝絲是全世界唯一能夠幫我的人。
Carly Beth is the one person in the world who can help me.

「嗨……嗯……請找嘉莉貝絲。」我好不容易說出這幾個字。

一陣靜默後——

「請問是哪位？」考德威爾先生的聲音聽起來很疑惑。

「是我，」我回答，「請問嘉莉貝絲在嗎？」

「請問你是她的老師嗎？」他又追問。

「不，我是史蒂夫，我……」

「對不起，先生，我聽不太清楚你說的話，你可以大聲一點嗎？你找我女兒有什麼事？也許你可以跟我說？」

「不……我……」

我聽見考德威爾先生小聲的跟屋子裡另一個人說話：「是個老頭，要找嘉莉貝絲。我幾乎聽不見他說話，他不肯說他是誰。」

他又回到電話線上。

「你是她的老師嗎？先生，你是怎麼認識我女兒的？」

「我是她的朋友。」我啞聲說道。

我聽見他又去跟屋子裡的另一個人說話，也許是嘉莉貝絲的媽媽。儘管他用手掩住話筒，我還是聽見他說：「我猜是個瘋子，是個變態打來的。」

接著他回到線上對我說：「抱歉，先生，我女兒不能接聽電話。」就掛斷了。

我坐在那兒，聽著電話的嗡嗡聲，在我爬滿蜘蛛的耳朵裡迴響著。

現在怎麼辦？

我到底該怎麼辦？

這句英文怎麼說

我一定是在椅子上睡著了。
I must have fallen asleep in the desk chair.

18.

我一定是在椅子上睡著了。

不知道睡了多久，當爸爸敲著我的房門，才把我驚醒。

「史蒂夫——吃飯了！」他往我房裡喊著。

我一驚而起，背部因爲坐著睡覺而發疼。我揉揉自己長滿皺紋的脖子，好讓它不再那麼僵硬。

「史蒂夫，你要下來吃飯嗎？」爸爸問道。

「我……我不太餓耶，」我啞著聲音說，「我想要睡一會兒，爸爸，我想我快生病了。」

「嘿，你可別在萬聖節前一晚生病，你不想錯過『不給糖果就搗蛋』的機會

吧？」

「我……我會好起來的。」我用粗啞的聲音結結巴巴的說，「如果我今晚好好睡上一覺，我就會沒事的。」

沒錯，我會變成一百五十歲那麼老，但我會沒事的。

我發出一聲哀怨的嘆息。

「我們待會兒送點湯或什麼的給你。」爸爸對著房裡喊道，接著便下樓去了。

我望著電話。

我要不要再打電話給嘉莉貝絲？

我決定還是不要。因爲她不會相信是我，會像她爸爸一樣把電話掛掉。

我抓抓耳朵，感覺到那些蜘蛛在裡頭爬搔。我摸摸頭上那塊頭皮脫落的禿頂，那兒的皮膚又軟又濕，我摸得到露在外頭那塊硬硬的頭骨。

「唉……」我又長長嘆了一口氣。

我得想想辦法……

得趕快想個辦法脫下這個面具。

這句英文怎麼說

我們待會兒送點湯或什麼的給你。
We'll bring you up some soup or something later.

但是我覺得好睏、好疲倦。
我勉強站起身來，卻又重重倒在床上。幾秒鐘後，我便沉沉睡去。

當我一覺醒來，燦爛的陽光正從臥室窗戶投射進來。
我眨了幾下眼睛，被早晨明亮的陽光嚇了一跳。
已經是清晨了！萬聖節的早晨！
這應當是快樂的一天、刺激的一天，但是現在……
我抬起雙手，摸摸兩邊的臉頰。
是光滑的！
我的臉頰摸起來很光滑，又光滑又柔軟。
我再揉揉耳朵——耳朵很小，是我的耳朵，而且裡頭沒有蜘蛛！
我把雙手舉到頭上，摸到了「我的」頭髮，而不是怪老頭細繩般的頭髮。
我滿心遲疑，小心翼翼的摸摸頭頂那塊皮膚脫落、露出頭蓋骨的地方……
沒有了！

「我又變回來了！」我高聲喊道，發出一聲長長的歡呼。

怪老頭面具不見了！老頭子的聲音，還有老頭子的身體全都消失了。

這一切全都是夢，一個可怕的噩夢。

我仍然在陽光下眨著眼睛，開心的環顧房間四周。

「這一切全都是夢！」我興奮的喊道。

潛入那間黑暗的地下室、在紙箱裡翻找面具、穿斗篷的男人、那個怪老頭的面具、我把面具夾帶回家，還試戴了那個面具……

面具黏在我的皮膚上，怎麼也脫不下來。

這些全都是夢！

這一切都只是個可怕的噩夢，而這個噩夢現在結束了！

我太開心了！這一定是我這輩子最開心的時刻了！

我正準備從床上跳起來，我要在房間裡雀躍跳舞，好好慶祝一番。

緊接著我的眼睛睜了開來，這次我是真的醒來了……

這句英文怎麼說

這一切全都是夢。
It had all been a dream.

19.

這次我是眞的醒來了。

而且發現——我只是夢見這一切全是個夢！

我用手去抓我的臉頰——只摸到一片凹凸不平的皺紋，以及密密麻麻的疙瘩；再揉揉鼻子，便摸到從鼻孔裡流出來的綠色黏液。

我夢見這個面具並不存在，夢見自己變回原來的臉，還有我的聲音和我的身體——那全都是夢，一個美夢！

但是現在我眞的醒過來了——也眞的麻煩大了。

我勉強爬起身來，把那細繩般的黃色頭髮從我眼前拂開。

「我得告訴爸爸、媽媽，」我暗自決定道，「我沒辦法再這樣子熬過一天了。」

昨晚我沒換衣服就睡著了。我搖搖晃晃的站起身來，勉強把衰老的身體拖到門口。當我拉開房門，看見門外貼著一張紙條，上頭寫著：

親愛的史蒂夫：

希望你覺得好一點了。我和你媽媽今天早上得去拜訪你海倫阿姨，我們提早出發，好避開尖峰時間。我們會及時趕回家來，幫你準備流浪漢的服裝。保重。

爸爸

流浪漢的服裝？

我今年不會再扮成流浪漢了。而且，既然我現在至少已經有一百五十歲了，要去討糖果也嫌太老了吧！

我把紙條捏在手裡，走上通往樓下廚房的「漫長路程」。我握著扶手，一步

這句英文怎麼說

希望你覺得好一點了。
Hope you're feeling better.

一步的走下樓梯。

這時，我突然很想吃一碗熱騰騰的燕麥粥，再加上一杯熱牛奶。

「噢，不！」我啞著聲音說。

我連想法都開始變得像個老年人了！

我給自己弄了柳橙汁和玉米片當早餐，把它們端到桌上，坐下吃了起來。裝果汁的玻璃杯貼在我肥厚的褐色嘴唇上，感覺好奇怪，而且我只有一根又長又歪的門牙，幾乎沒有辦法咀嚼玉米片。

「我該怎麼辦呢？」我碎碎念的呻吟道。

剎那間，我想到自己該怎麼做了。

我決定按照原定計畫去嚇唬那些小一生。那些討厭的小孩日復一日的在足球場上惡整我，我爲什麼不該給他們一點顏色瞧瞧呢？

沒錯！我決定了。當爸爸媽媽回家時，我就穿著這套怪老頭裝去見他們，秀給他們看。他們不會知道這個面具其實已經長在我臉上、脫不下來了，一定會覺得它很酷。

接下來，我就依約前往陰森恐怖的卡本特老宅，去會見那些孩子們。我要把那些小一生嚇得從萬聖節服裝裡跳出來！

再來呢？我要去找嘉莉貝絲。應該不難找到她才對，她會在討完糖果後，在家裡舉辦萬聖節派對。

我會找到嘉莉貝絲，要她說出這個祕密，叫她告訴我怎樣才能脫掉這個可怕的面具。之後，我就會非常、非常快樂。

我獨自坐在廚房，努力吞著玉米片。

這似乎是個很棒的計畫，只可惜事情並沒有照我的期望進行。

20.

傍晚爸爸、媽媽回到家時，我蹣跚的走下樓梯迎接他們。當他們看見我長滿疙瘩的醜陋臉孔時，兩人都倒抽了一口氣。

媽媽手上的袋子掉在地上，嘴巴張得大大的，幾乎掉到了膝蓋上。

爸爸的眼睛突了出來，盯著我瞧了好一會兒，隨後他爆出一陣大笑。

「史蒂夫，這是我見過最棒的萬聖節服裝！」他喊道，「你是打哪兒弄來的？」

「好噁心哦！我真受不了你頭頂上那個破口，還有牙齒上那個可怕的蟲洞。」媽媽說。

爸爸繞著我走了一圈，欣賞著我的新造型。

我穿上以前用來當作流浪漢服裝的黑色補丁舊外套，還從櫥櫃裡找到爺爺的

這句英文怎麼說

應該不難找到她才對。
It won't be hard to find her.

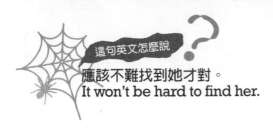

一根舊枴杖拄著。

「太棒了！」爸爸捏捏我的肩膀，讚不絕口。

「這面具是我在一家派對用品店買的。」我啞著聲音說。

這個說法差不多接近事實吧！

爸爸媽媽對望了一眼。

「你裝老頭子的聲音倒是很像，」媽媽說，「你有練習過嗎？」

「是呀！練了一整天。」我回答。

「你身體好一點了嗎？因爲你不舒服，我們早上就沒吵醒你，你媽和我一大早就得出門了……」爸爸問道。

「我感覺好多了。」我在說謊。事實上，我的腿正在發抖，全身都被冷汗浸溼了。

我覺得好虛弱，於是把更多重量放在枴杖上。

「哎呀！你頭髮裡是什麼東西？」媽媽喊道。

「蜘蛛。」我對她說，並打了個冷顫。我感覺得到牠們在我頭上和耳朵裡爬著。

這句英文怎麼說

我感覺好多了。
I am feeling much better.

「看起來好像眞的一樣，」媽媽說著伸出手來摀著臉頰，搖搖頭又說：「你確定不要扮成流浪漢嗎？那個面具戴起來一定很熱、很不舒服。」

要是妳知道有多不舒服就好了！

「妳別管他了，」爸爸對她說：「他這樣子很棒，今晚他會把街上每個人嚇個半死！」

但願如此。

我看看錶，是該出門的時候了。

「可不是，他已經把我嚇個半死了！」媽媽說著閉起眼睛。「史蒂夫，我連看著你都覺得受不了，你爲什麼要買這麼……這麼醜的東西？」

「我倒覺得很有趣。」爸爸說著，用手指捅捅我那顆大牙，「好棒的面具，是橡皮做的嗎？」

「是呀，我猜。」我用衰老、顫抖的聲音喃喃回道。

「你要跟查克一起去討糖果嗎？」媽媽露出嫌惡的表情說。

我打了個哈欠，突然覺得好睏、好睏。

「我跟我的足球隊員約好了，要跟他們碰面，之後會到嘉莉貝絲家。」

「哦，別在外頭待到太晚。如果那個厚重的面具太悶熱了，就把它脫下來一會兒，知道嗎？」媽媽叮嚀著。

我也想呀！

「待會兒見。」我拄著枴杖，拖著身體往前門走去。

爸爸媽媽看見我走路的滑稽模樣，不禁都笑了起來。

但我可笑不出來，我是很想哭……

現在只有一件事情支撐著我，讓我不至於崩潰，好告訴他們全盤實情。只有一件事情阻止我告訴爸媽——我被困在一個恐怖的面具裡，而這個面具把我變成了一個衰弱老邁的老頭子。

那就是——報仇！

我看見足球隊員們臉上驚駭的表情，並聽見他們落荒而逃時，口中發出驚恐的號叫聲。

這使我開心起來，也讓我有力氣繼續往前走。

這句英文怎麼說

你忘記帶糖果袋了。
You forgot your trick-or-treat bag.

我抓住門把，掙扎著要把前門拉開。

「史蒂夫——等等！」爸爸喊道，「我的照相機……等等，我要替你拍張照片。」

他跑開去找照相機了。

「你的糖果袋！你忘記帶糖果袋了。」媽媽一邊說，一邊翻著前面的櫥櫃，找出一個兩面都印滿小南瓜的購物袋。

我知道自己沒力氣又拄枴杖，又提糖果袋，但我還是從她手中接過袋子。我決定出門之後就把它扔掉，今晚不打算去討糖果了，因爲我知道僅僅是走上一戶人家的車道，就得花上我半個小時。

接著爸爸衝回客廳。

「笑一個！」他舉起照相機喊道。

我努力把毛蟲般的嘴唇扭曲成一個微笑。

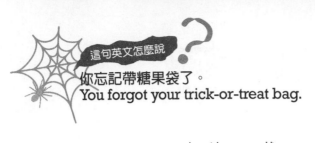

閃光燈閃了一下，接著又閃了三次。

我被耀眼的閃光照得睜不開眼睛，說聲再見後，便往門外走去。白色的光圈跟著我進入夜色中，我幾乎從門階上跌下來。

我抓住欄杆，等待心跳緩和下來。閃光慢慢從我眼裡消退，我才拖著身體走下車道。

這是個寒冷無雲的夜晚，一點風也沒有。幾棵幾乎掉光葉子的樹，像雕像一般聳立著。

我一瘸一拐的走上人行道，朝卡本特老宅的方向走去。

今晚雖沒有月亮，街道卻顯得比平時明亮。大部分房子都把前門的燈開著，迎接來討糖果的孩子。

我把購物袋塞進鄰居車道尾端的垃圾筒裡，沿著街道繼續往下走，手杖喀喀有聲的敲在人行道上。

我的背開始作痛，兩條老腿抖個不停，只好倚在枴杖上，用力喘著氣。走過半條街後，我就必須靠著路燈桿子休息一下。幸好卡本特老宅就在下一條街了。

當我繼續上路時，兩個小女孩匆匆走過人行道，她們的爸爸跟在後面。一個

這句英文怎麼說

幾分鐘後，卡本特老宅映入我的眼簾。
A few minutes later, the Carpenter mansion came into view.

女孩身上裝著色彩繽紛的蝴蝶翅膀，另一個女孩則畫著濃妝、戴著一頂金色的皇冠，還穿著長長的公主服。

「噢，他好醜喲！」她們走近我身邊時，那隻蝴蝶對她的同伴低語。

「好噁心喲！」我聽見那個公主回答：「妳看他鼻子裡那團綠色的東西！」

我朝她們斜靠過去，張大嘴巴咆哮著說：「快給我滾開！」

兩個小女孩都嚇得尖叫起來，快步跑下人行道。她們的爸爸憤怒的瞪了我一眼，追著她們匆匆走了。

「嘿、嘿、嘿！」一陣邪惡的乾笑從我嘴裡冒出來。

看見她們受驚的臉孔，讓我感到精神一振。

我繼續拄著枴杖，蹣跚的穿過馬路。

幾分鐘後，卡本特老宅映入我的眼簾。這棟老舊的大宅院黑暗而空蕩，石砌的角樓就像城堡的塔樓一般，矗立在紫色的夜空中。

在老宅雜草叢生的庭院前，我的隊員們在一盞街燈下擠作一團。

我的小豬玀，我的小一生，我的犧牲品……

他們全都穿著萬聖節服裝，有地球捍衛戰士、忍者龜、木乃伊、怪獸、兩個幽靈，還有一對美女與野獸，但我還是認得他們，因爲他們不斷互相推打，搶奪彼此的糖果袋，又叫又踢，鬧個不停。

我拄著枴杖，從半條街外看著他們。

我的心臟開始怦怦亂跳，渾身顫抖了起來。

是的，偉大的時刻終於來臨了！

「來吧！小傢伙，」我輕聲對自己說，「好戲上場了！」

這句英文怎麼說

好戲上場了！
It is show time!

21.

當我拖著衰老的身子向他們走去時，整個身體興奮得發顫。我走進光線中，毛蟲般的嘴唇擠出一個猙獰的冷笑。

我一個又一個的看著他們，讓他們有機會看見我可怕的臉孔，讓他們目睹蜘蛛在我的頭髮裡亂爬以及牙齒上的蟲洞，還有暴露在頭皮外面的那塊頭骨。

剎那間，他們全都安靜下來。我感覺得到他們的眼光落在我身上，也察覺到他們的恐懼。

我張開嘴巴，想要發出一聲嚇人的嘶吼，把他們嚇得屁滾尿流。

但是在我發出聲音之前，穿著白色新娘服、戴著頭紗的瑪妮走上前來。

「先生，你需要幫忙嗎？」她問道。

「你是不是迷路了？」一個地球捍衛戰士問我。

「你需要我們帶路嗎？」

「需不需要我們送你到什麼地方？」

不……不！

不是這樣！這不是我計畫中的情形——我夢想中的情景！

瑪妮攙扶著我的手臂。

「你要上哪兒去？先生，我們可以帶你去。這樣的夜晚在陌生的地方亂走，是挺嚇人的。」

其他的孩子也走上前來，想要幫忙。

他們想要幫助一個老頭子——一個他們一點也不害怕的老頭子。

「不——」我咆哮出聲，抗議道：「我是卡本特老宅的鬼魂！我是來懲罰你們擅闖我家前院的！」

我想要大聲嘶吼，卻只發出微弱的氣音。我想，他們根本聽不清楚我在說些什麼。

這句英文怎麼說

你需要我們帶路嗎？
Do you need directions?

我一定得嚇到他們……

我一定要！

我把雙手舉到半空中，作勢要掐死他們每一個人。

不料我的枴杖從手裡飛了出去，頓時失去平衡，搖搖晃晃的仰天摔倒。

「噢——」當我跌坐在人行道上，發出一聲呻吟。

孩子們全都叫了起來，但不是因爲害怕，而是因爲擔心我摔傷了。

他們紛紛伸手扶我站了起來。

「你沒事吧？這是你的枴杖。」我認得鴨子班頓沙啞的聲音。

接著，我聽見一陣陣同情的低語。

「可憐的老先生。」有人低聲說。

「你受傷了嗎？」

「需要我們請人來幫忙嗎？」

不！不！不……

他們居然沒被嚇著，他們一點也不害怕。

我癱軟的拄著枴杖，突然覺得好疲憊，精疲力竭到幾乎連頭都抬不起來。

別想嚇唬他們了，史蒂夫……

你得在癱倒之前趕到嘉莉貝絲家，叫嘉莉貝絲告訴你怎樣才能取下面具，怎樣回復你原來的臉，還有你的精力。

瑪妮仍然扶著我顫抖的手臂。

「你要到哪兒去？」她問道，長著雀斑的臉上滿是關切。

「呃……妳知道嘉莉貝絲．考德威爾的家嗎？」我用虛弱而沙啞的聲音問道。

「就在下一條街，過了馬路就到了。我認識她弟弟。」我聽見安德魯說。

「我們送你過去。」瑪妮提議道。

她抓緊我的手臂，一個「木乃伊」走上前來，幫忙扶著我的另一條胳臂。他們攙扶著我，沿著人行道慢慢往前走。

我不相信！

我苦澀的想著。

他們應該是被我嚇得魂飛魄散才對！現在應該忙著尖叫、忙著哭號……

這句英文怎麼說

我們送你過去。
We'll take you there.

但是，他們卻在扶著我走路！

我不由得嘆了一口氣。

悲哀的是，我是如此疲憊而虛弱，如果不靠他們幫忙，還真的沒辦法走到嘉莉貝絲的家呢！

他們扶著我走到她家的車道中間，我謝過他們，告訴他們剩下的路我可以自己走。

我看著他們快步跑開，出發去討糖果。

「我猜史蒂夫是不會出現了。」鴨子說。

「也許他膽子太小，不敢在萬聖節晚上出門！」瑪妮開著玩笑。

他們全都笑了起來。

我沉重的倚著枴杖，轉身走向嘉莉貝絲的家——燈全部亮著，但是從窗戶卻看不見半個人影。

我想她或許出去討糖果還沒回來。接著我聽見說話的聲音，還有踏在碎石子車道上的腳步聲。

我轉過身，看見嘉莉貝絲和她的朋友莎賓娜匆匆踏過草坪，往屋子的方向走去。我認得嘉莉貝絲的鴨子裝，她每年都穿這樣，除了去年萬聖節——當時她戴了那個恐怖的面具。

莎賓娜扮成某種卡通英雄，穿著銀亮的緊身衣，還有一件長長的銀色披肩。雖然她臉上罩著一個銀色面具，但我認得她的黑色長髮。

「嘉莉貝絲……」我想要叫她，但是一喊出她的名字時，卻只發出哽咽的耳語聲。

她和莎賓娜腳步未停，快步走過草坪，一路興奮的聊著。

「嘉莉貝絲——等一等！」我再度喊道。

當她們走到半路，兩人同時轉過身來，看見了我。

太好了！

「嘉莉貝絲……」我喊道。

她拉掉臉上的鴨子面具，往車道走近幾步。

「你是誰？」她斜眼看著我問道。

這句英文怎麼說

你是先前打電話找我的那個人嗎？
Are you the man who tried to call me earlier?

「是我呀！」我虛弱的喊道，「是我……」

「你是先前打電話找我的那個人嗎？」她冷冷的質問。

「嗯……是呀，」我啞著聲音說，「妳瞧，我需要……」

「討厭！別煩我！」嘉莉貝絲忽然尖叫起來。「你爲什麼要跟蹤我？別煩我，否則我要叫我爸爸了！」

「但……但是……」我茫然無助的說著。

她們急忙轉身，往屋裡跑去。

留下我，獨自站在車道上。

留下我，孤零零的一個人。

留下我，走投無路、步向毀滅……

22.

我發出一聲苦澀的哀號。

「嘉莉貝絲……是我呀！是我……史蒂夫！」我使盡全力喊道：「史蒂夫．包斯威爾！」

她聽出是我了嗎？

看來是的。

原本她和莎賓娜已經踏上通往門口階梯的石板走道，在前門射出的一方黃色燈光下，我看見她們同時轉過身來。

「我是史蒂夫！是史蒂夫呀！」我一次又一次、聲嘶力竭的喊著，喉嚨都快痛死了。

這句英文怎麼說

她聽出是我了嗎？
Did she hear me?

只見兩個女孩小心翼翼、慢慢的走回我身邊。

「史蒂夫？」嘉莉貝絲張大了嘴巴，目不轉睛的盯著我瞧。

「那是個面具嗎？」莎賓娜緊緊挨著嘉莉貝絲問道。

「是的，這是個面具。」我用粗啞的聲音說。

「哎呀，好噁心喲！」莎賓娜喊道。她拉掉臉上的銀色面具，以便仔細看個清楚。「那是蜘蛛嗎？好噁心呀！」

「我需要幫忙，」我坦承道，「這個面具……」

「你去了那間派對用品店！」嘉莉貝絲喊道。她伸出雙手摀著臉頰，手中的鴨子面具掉在地上。「噢，不！不……史蒂夫，我警告過你的。」

「是的，我是從那兒弄來的。」我說著指指自己醜陋的臉孔，「我沒聽妳的話，也不知道會變成這樣。」

「史蒂夫，我告訴過你別去那兒的。」嘉莉貝絲的表情十分緊繃，臉上滿是驚恐，雙手一直摀著臉頰。

「現在這面具脫不下來了，」我哀號著說，「它黏在我的臉上，變成我的一部分了，而且它……它把我變得好老、好老，變成一個衰弱的老頭子。」

嘉莉貝絲悲哀的搖搖頭，盯著我醜陋的臉，一語不發。

「妳一定得幫我，」我懇求她，「妳一定得幫我脫掉這個面具。」

嘉莉貝絲嘆了一口氣，一聲令人膽顫心驚的嘆息。

「史蒂夫，我想……我沒辦法幫你。」

23.

我緊緊抓住她的鴨子羽毛。

「妳一定得幫幫我，嘉莉貝絲。」我繼續哀求著，「妳爲什麼不肯幫我？」

「我很想幫你，」她解釋道，「但我不確定能不能做到。」

「可是妳去年萬聖節戴著從同一家店買來的面具，後來妳把面具脫下來、掙脫出來了……不是嗎？」

「那個面具是拿不掉的，根本沒有辦法脫掉它。」嘉莉貝絲說。

在她身後，我看見三個穿著萬聖節服裝的小孩來敲隔壁的門，一位婦人出現在門口，我看見她往三個孩子的袋子裡丟糖果。

今晚有些孩子很開心，我卻一點也不開心。

這句英文怎麼說

你為什麼不肯幫我？

Why won't you help me?

而且，我可能永遠也開心不起來了……

「進屋裡來吧！」嘉莉貝絲提議，「這兒很冷，我會向你解釋的。」

我努力跟她們走上車道，但是雙腿就像橡皮一般軟趴趴的。

嘉莉貝絲和莎賓娜幾乎是把我抬進屋子裡的，她們把我放在客廳裡的綠皮沙發上。

在客廳那頭的桌子上，一個雕刻出來的南瓜燈咧著嘴對我笑——就連那顆南瓜的牙齒都比我還多！

嘉莉貝絲一屁股坐在沙發扶手上，莎賓娜則坐在旁邊的一張扶手椅裡。她低下頭來，篩撿著手中的糖果袋。

這種時候，她怎麼還能想到糖果？

我轉向嘉莉貝絲，啞聲問道：「我怎樣才能脫掉這個面具？」

嘉莉貝絲咬著下唇，抬起眼睛看著我，表情十分嚴肅。

「這其實不是個面具。」她輕聲說道。

「妳說什麼？」我喊道。

這句英文怎麼說

我怎樣才能脫掉這個面具。
How do I get the mask off?

「它不是面具，而是一張眞的臉，活生生的臉！你有見到那個穿黑斗篷的男人嗎？」

我點點頭。

「我猜他是某種奇特的科學家，那些臉是他製造出來的，在他的實驗室裡。」

「是他……是他製造出來的？」我結結巴巴的說。

嘉莉貝絲神情肅穆的點了點頭。

「它們是眞的臉，活生生的臉。那個穿斗篷的人想把它們做得很好看，但是其中出了什麼岔子，結果全都變得很醜，就像你戴著的那個那麼醜。」

「但是，嘉莉貝絲……」

我想開口，她卻舉起手要我安靜。「那個穿斗篷的男人管這些臉叫『沒人愛的』，因爲它們變得這麼醜，所以沒人會要它們。它們是沒人愛的，而它們卻是有生命的，只要有人靠得夠近，它們就會緊緊黏在他的臉上。」

「但是我怎樣才能脫掉它呢？」我不耐煩的喊道，抬起雙手拉扯長滿皺紋、疙瘩的臉頰。「我總不能這樣度過下半輩子吧！我該怎麼辦呢？」

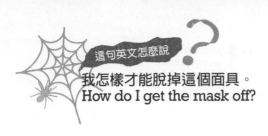

嘉莉貝絲跳起身來，在我和莎賓娜面前來回踱步。莎賓娜打開一根「銀河」巧克力棒，一邊看著嘉莉貝絲走來走去，一邊開始嚼了起來。

「去年萬聖節，同樣的事也發生在我身上，」嘉莉貝絲說，「我選了一個很醜、很醜的面具，它眞的好嚇人。當時它黏在我的臉上，把我變得很邪惡。」

「那妳怎麼辦？」我拄著枴杖往前靠去。

「我跑回那間派對用品店，找到那個穿斗篷的男人，他告訴我只有一個辦法可以拿掉面具，就是靠著『愛的象徵』才能把面具脫掉。」

「什麼？」我張口結舌的看著她，完全聽不明白。

「我必須找到一個愛的象徵，」嘉莉貝絲繼續說，「一開始，我也不知道他說的是什麼意思，根本不知道該怎麼做，但是後來我想起媽媽爲我做的一件東西。」

「什麼？」我急切的問，「那是什麼？」

「就是那個頭像。」莎賓娜插嘴進來，嘴裡滿滿都是巧克力。

「我媽媽替我塑了一個頭像，」嘉莉貝絲接著說，「看起來就跟我一模一樣，

這句英文怎麼說

我必須找到一個愛的象徵。
I had to find a symbol of love.

你也看過了。媽媽替我塑像，是因爲她愛我，所以它是個愛的象徵。」

嘉莉貝絲在我身旁坐了下來。

「我把媽媽塑的頭像罩在『沒人愛的』上面，那『沒人愛的』就消失了，那張醜臉立刻滑落下來。」

「太好了！」我開心的大喊，「快把它拿來，趕快！」

「什麼？」嘉莉貝絲滿臉迷惑的看著我。

「去拿那個頭像呀！我一定得把這玩意兒拿下來。」我懇求她。

嘉莉貝絲搖搖頭。

「你沒聽懂我的話，史蒂夫。你不能用『我的』愛的象徵，那只對我有用。你得找到『你自己的』愛的象徵。」

「也許那對史蒂夫的面具也不管用呀！」莎賓娜打岔道，「或許每個面具都不一樣。」

「眞是夠了！莎賓娜，」我氣憤的咕噥道：「一定會管用的！妳難道不明白嗎？它一定得管用！」

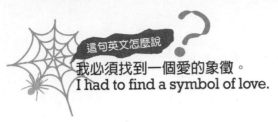

「你得找到你自己的愛的象徵。」嘉莉貝絲又重複一遍，「你能想到什麼東西嗎？史蒂夫。」

我回瞪著她，努力思索著。

我想了又想，想了又想。

愛的象徵……愛的象徵……

不，我什麼都想不出來，一樣也想不出來。

忽然間，一個念頭跳進我的腦海。

這句英文怎麼說

你們得幫幫我，帶我回家。
You've got to help me get home.

24.

我撐著枴杖，想要讓自己從沙發上站起來，但是我的手臂虛軟無力，又倒回沙發上。

「妳們得幫幫我，帶我回家，」我對嘉莉貝絲說，「我想到一個愛的象徵了，在我家裡。」

「好，我們走！」她回答。

「但是待會兒來妳家的孩子怎麼辦？」莎賓娜一邊吞著巧克力棒，一邊問道：「派對怎麼辦？」

「妳留在這兒接待他們，」嘉莉貝絲對她說，「如果史蒂夫真的能在他家裡找到一個愛的象徵——而它又真的管用的話——我們很快就會回來。」

「會管用的，我知道會的。」我說。

我暗自把手指交疊，祈求好運。但這讓我更難從沙發上爬起來了。

嘉莉貝絲見我掙扎著起不來，於是抓住我的雙手，把我拉了起來。

「哎呀！在你耳朵裡晃來晃去的是什麼東西呀？」她露出一副噁心的表情大聲喊道。

「是蜘蛛。」我低聲說。

她用力的吞嚥著口水。「眞希望你能找到管用的東西。」

「我也希望。」我一邊喃喃說著，一邊讓她攙扶著出門。

嘉莉貝絲回頭轉向客廳，對莎賓娜喊道：「別趁我們不在的時候把巧克力吃光了！」

「我才吃第二塊耶！」莎賓娜嘴裡塞得滿滿的抗議道。

我們走進黑暗中，幾個穿著萬聖節服裝的孩子跑上車道，手裡都提著鼓鼓的糖果袋。

這句英文怎麼說

真希望你能找到管用的東西。
I sure hope you find something that works.

「嘿，嘉莉貝絲，妳要上哪兒去？」一個女孩喊道。

「我在做善事！」嘉莉貝絲回答。

「待會兒見。」

她回頭轉向我。

「我眞不敢相信你居然沒聽我的話，史蒂夫……你看起來眞的很噁心。」

「我連鼻子裡的綠色黏液都沒辦法抹掉。」我嗚咽著說。

她扶著我的肩膀，朝著我家的方向走去。我們穿過街道，來到我家所在的那條街上。我聽見街角那間屋子裡傳出孩子的笑聲和響亮的音樂，他們在舉行萬聖節派對。

當我們經過那間屋子時，我被一個移動的陰影絆了一跤。嘉莉貝絲在我跌倒之前及時抓住我。

「那是什麼？」我問道，接著看見牠悄無聲息的跑過對街——原來是頭黑貓。

我不禁笑了。

現在的我還能怎麼辦呢？只能笑笑。

來吧！黑貓，儘管從我的面前跑過吧！我的運氣已經背到不能再背了——不是嗎？

越過一排高高的冬青樹叢，就可以看見我家了。透過樹叢，我看見樓下的燈幾乎全部亮著。

「你爸媽在家嗎？」嘉莉貝絲扶著我走過草坪問道。

我點點頭回答：「在，他們在家。」

「他們知不知道關於……那個……」

「不知道，他們以爲那只是萬聖節的道具。」

當我們踏上門階，我聽見史帕奇在屋子裡吠叫起來。我推開前門，牠興奮的尖叫一聲，便朝我跳了過來。

牠的爪子撲到我的腰間，把我重重往後推去，整個人跌跌撞撞的倒在牆上。

「下去，史帕奇！拜託……快下去！」我用老頭子般沙啞的聲音請求牠。

我知道史帕奇很高興見到我，但我實在是太虛弱了，承受不了牠慣常的歡迎方式。

這句英文怎麼說

你這麼早就回來啦！
You're back so early!

「下去，夥計，拜託！」

嘉莉貝絲好不容易從我身上拉開史帕奇，好讓我站直身子。她按住史帕奇，直到我恢復平衡，站穩身子。

「史蒂夫，是你嗎？」我聽見媽媽從房裡喊我。「你這麼早就回來啦！」

媽媽走進客廳。她換上平常晚上放鬆時穿的灰色法蘭絨家居服，金髮上還夾著髮捲。

「噢……嗨，嘉莉貝絲！」她訝異的喊道，「我沒想到會有客人，我……」

「沒關係的，媽媽，」我啞著聲音說，「我們只待一分鐘，只是回來拿東西的。」

「妳不覺得史蒂夫的服裝很棒嗎？」媽媽問嘉莉貝絲，「這是不是妳見過最恐怖的面具？」

「妳是說他其實是戴著面具？」嘉莉貝絲故意開玩笑，並和媽媽開心得大笑起來。

史帕奇聞著我的鞋子。

「你們要回來拿什麼？」媽媽問我。

「那些黑白色的餅乾，」我急忙回答，「妳知道……就是妳昨天買給我的餅乾。」

那些餅乾是「愛的象徵」。

媽媽告訴過我，她特地繞了兩哩路去買那些餅乾給我。她知道那是全世界我最愛吃的餅乾，而且還跑了大老遠去買，只因爲她愛我。

所以，那些餅乾是最好的「愛的象徵」。

我迫不及待地想咬上一口，只要一口，我知道——我就能脫下這個可怕的面具。

媽媽臉上露出訝異的表情，瞇起眼睛仔細看著我。

「你是專程回來拿那些餅乾的？爲什麼？你晚上討來的糖果呢？」

「呃……嗯……」我結結巴巴的說，腦袋頓時一片空白，想不出一個好理由。

「他很想吃餅乾，」嘉莉貝絲插嘴道：「他告訴我他整個晚上都在想著那些餅乾。」

這句英文怎麼說？

你們要回來拿什麼？
What did you come back here for?

「沒錯，我就是很想吃……」我附和著，「糖果怎麼跟那些餅乾比呢！媽媽，那些餅乾最棒了。」

「我也很喜歡那種餅乾，」嘉莉貝絲又說，「所以才跟史蒂夫一起回來，想把那些餅乾帶到我的萬聖節派對上享用。」

媽媽嘖嘖兩聲。

「眞糟糕……」她說。

「什麼？」我覺得心臟漏跳了一拍。「怎麼回事？發生什麼事了？」

媽媽搖搖頭。

「餅乾沒有了……」她輕聲回道，「這條狗今天早上發現餅乾盒子，把它給拆了。我很抱歉，孩子們，史帕奇把餅乾全都吃光了。」

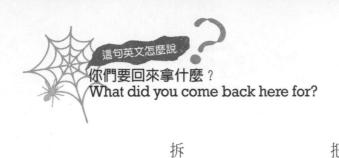

25.

媽媽的話就像一桶冰水，讓我的背脊從頭涼到尾。我虛弱的呻吟一聲，低頭瞪著史帕奇。

牠抬頭凝視著我，搖晃牠又短又禿的尾巴，好像頗爲沾沾自喜似的。

「你毀了我的一生，史帕奇！」我眞想尖叫出聲。「你這隻貪吃的豬！就不能留一塊餅乾給我嗎？現在我眞的毀了，注定要頂著這張噁心、恐怖的臉過一輩子！」

而這全都是拜史帕奇跟我一樣愛吃黑白餅乾所賜。

史帕奇仍然不停搖著尾巴，跑到我跟前，以牠那毛茸茸的黑色身體在我腿上摩擦著，想要我摸摸牠。

這句英文怎麼說

我再也不要碰這條臭狗了。
I am never touching this dog again.

門兒都沒有，休想要我摸你——你這叛徒！

我聽見爸爸在房裡叫喚媽媽。

「玩得開心點。」媽媽說。她對嘉莉貝絲和我揮揮手，便快步走開，看看爸爸有什麼事。

玩得開心點？

我知道自己這輩子再也開心不起來了。

我感到既虛弱又沮喪，轉身面向嘉莉貝絲。

「現在我們該怎麼辦？」我有氣無力的說。

「快……快抱起史帕奇！」她低聲對我說，雙手朝那狗兒比劃著。

「啊？什麼？我再也不要碰這條臭狗了！」我啞著聲音、無比悽慘的說。

史帕奇用力的喘著氣，舌頭幾乎垂到地板上，又在我的腳踝上摩擦了幾下。

「抱牠起來！」嘉莉貝絲堅持道。

「爲什麼？」

「史帕奇就是你『愛的象徵』啊！」嘉莉貝絲說道，「瞧瞧牠，史蒂夫，你瞧這條狗有多麼的愛你！」

「是呀，牠好愛我，愛得把我所有的餅乾全都吃光！」我哀號著。

嘉莉貝絲朝我皺了皺眉。

「別管餅乾了！把狗抱起來，史帕奇是你的『愛的象徵』。快把牠抱起來，緊緊貼著你，我打賭你就可以脫掉面具了！」

「我想這值得一試。」我輕輕說道，並伸手去抱那條黑色小狗，彎腰時脊背嘎嘎作響，痠痛的膝蓋也發出劈啪一聲，像要斷裂似的。

拜託，這法子一定得靈！

我無聲的祈求著。

拜託一定要管用哪！

我伸手去抱史帕奇，但牠卻從我手裡掙脫，衝過地毯往屋裡跑去。

「史帕奇——回來！史帕奇！」我喊道。

我仍然彎著身子，兩手向前伸去。

史帕奇跑到客廳中央，突然停下腳步，轉過身來。

「回來，史帕奇！」我用老頭子顫抖的聲音喊道：「回來，夥計！到史蒂夫這兒來！」

牠粗短的尾巴又搖了起來，歪頭直盯著我瞧，卻沒有移動。

「牠在跟我玩遊戲，」我對嘉莉貝絲說，「牠要我去追牠。」

我跪坐在地上，雙手向史帕奇打著手勢。

「過來，夥計！過來！我太老了，沒辦法去追你。過來，史帕奇！」

出乎我意料之外，史帕奇吠了一聲，穿過客廳跑回來，跳進我的臂彎裡。

「緊緊抱著牠，史蒂夫！」嘉莉貝絲催促著我，「緊緊抱著牠，會管用的，我知道會的！」

在我虛弱瘦軟的手臂中，這小小的一條狗變得好重、好重，但我仍使盡力氣抱著牠貼近自己的胸膛，緊緊的抱著。

我盡自己所能的緊緊抱住牠。

緊緊抱著牠，好久、好久……但是什麼也沒發生。

這句英文怎麼說

我想這值得一試。
I guess it is worth a try.

26.

大約一分鐘後，史帕奇被抱得不耐煩了，從我的臂彎跳了出去，蹦蹦跳跳的跑過地毯，消失在屋裡。

我用雙手拉扯面具，但我知道這是白費力氣。面具感覺起來並沒有任何不同，沒有絲毫改變——那張醜陋的臉依然緊緊黏在我頭上。

嘉莉貝絲把手輕輕放在我的肩膀上。

「很抱歉，」她低聲說，「我想每個面具都不一樣。」

「妳是說……我得用別的方法才能拿掉它？」我悲哀的搖著爬滿蜘蛛的衰老腦袋說道。

嘉莉貝絲點點頭。

這句英文怎麼說

我想每個面具都不一樣。
I guess each mask is different.

「是的，得用別的辦法。但我不知道那是什麼。」

「我完了！我甚至沒辦法從地上爬起來！」我絕望無助的哀號出聲。

嘉莉貝絲用雙手托住我的腋窩，將我撐了起來。我倚著枴杖，勉強站穩身子。

忽然間，我想到了一個主意。

「那個穿斗篷的男人，」我啞著聲音說，「他會知道該怎麼辦的！」

「你說的沒錯！」嘉莉貝絲臉上一亮。「是的，你說的對，史蒂夫，去年萬聖節也是他幫了我。如果我們回到那間派對用品店，我知道他會幫你的。」

她拉著我往門口走去，而我卻停步不前。

我對她說：「好是好，只不過有個小問題。」

「什麼問題？」她回頭看著我問道。

「嗯，我忘了告訴妳，那間派對用品店已經關門……結束營業了。」

我們還是往那間店鋪走去。事實上，我並不是用走的，而是一瘸一拐的跛著走過去的。每踏一步都覺得比先前更虛弱、更衰老，嘉莉貝絲幾乎得扛著我走。

街道上空蕩蕩的，在一排排街燈下反映著微弱的光芒，房屋裡的燈光幾乎全都熄滅了。現在已經很晚了，所有討糖果的小孩都已經回家了。

兩條大型德國牧羊犬跟著我們走下街道，也許以為我們會分一點糖果給牠們。只不過，我身上連半顆糖果都沒有。

「走開！」我忍不住咆哮道，「我再也不喜歡狗了，狗都是沒用的東西！」

令我驚訝的是，牠們似乎聽得懂我的話——只見牠們轉過身去，拖著腳步跑過黑暗的草坪，消失在一間房屋邊上。

幾分鐘後，我們經過了那排小店，走到那間派對用品店前面——依舊是漆黑一片，空蕩蕩的。

「結束營業了。」我喃喃說道。

嘉莉貝絲敲著前門，我則透過滿是灰塵的前窗，凝視裡頭深藍色的陰影。但是毫無動靜，沒人在裡頭。

「開門！我們需要幫忙！」嘉莉貝絲喊著，雙手握拳，用力敲著木頭門。

裡頭一片寂靜，連個人影也沒有。

我再也不喜歡狗了。
I don’t like dogs anymore.

一陣冷風從街上掃過，我打了個冷顫，想要把這張醜陋的臉埋進肩膀裡。

「我們走吧！」我滿心失望，低聲咕噥著。

我毀了……

嘉莉貝絲不肯放棄，繼續以兩隻拳頭用力敲著門。

我轉身離開窗邊，凝視著店鋪旁邊的巷子。

「啊！等等，」我對她喊道：「到這兒來！」

我一跛一拐的走到巷口，嘉莉貝絲跟在後面。她揉著手背的關節，剛才那麼用力的敲門，關節部位一定疼得厲害。

從人行道上，我看見那扇活板門是關著的，但我還是領著嘉莉貝絲走進巷子裡。我們在鐵拉門旁邊停下腳步。

「這扇門通往店鋪的地下室，」我對她解釋，「所有的面具和其他東西都在下面。」

「如果我們能夠下去，」嘉莉貝絲低聲耳語，「也許就能找到法子幫你。」

「也許。」我低聲回答。

嘉莉貝絲彎下腰來，握住拉門的把手，用力往上拉。

可是門卻一動也不動。

「我想它上鎖了。」她呻吟道。

「再試試看，」我催促她，「這門會卡住，很難打開。」

她又彎下腰來，兩隻手緊緊握住門把，再次往上拉。

這一次門被拉開了，露出通往地下室的水泥台階。

「快來，快點，史蒂夫！」嘉莉貝絲拉拉我的手臂。

這是我最後的機會了，最後的一線希望。

我顫抖著，跟隨她走進沉重的黑暗中。

這句英文怎麼說

面具全都在這裡頭。
This one has all the masks.

27.

當我們穿過地下室的門時，兩個人緊緊擠作一團。從街燈射出的蒼白光線，透過開著的鐵拉門飄浮進來。

從屋子另一頭，我聽到上次聽過的那種單調的滴水聲。那些大紙箱還留在我和查克放置的地方，其中三、四個還是開著的。

「嗯，我們到了。」嘉莉貝絲低聲說。她的聲音聽起來很空洞，在地下室的石牆上反射出微弱的回聲，眼睛則四處張望，最後停留在我身上。

「現在怎麼辦？」我聳聳肩說：「也許我們先在紙箱裡找找？」

我走到最近的紙箱旁邊，往裡頭瞧去。

「面具全都在這裡頭。」我一邊對她說，一邊拿起一個長滿鬃毛的怪獸面具。

「好噁哦！」嘉莉貝絲呻吟著，「快放下，我們不需要另一個面具。」

我放手讓面具掉回箱子裡，它發出「撲通」一聲輕響，落在其他的面具上。

「我不知道我們需要什麼，但也許可以找到什麼東西……」

「你看這個！」嘉莉貝絲喊道。她拉開另一個紙箱，舉起一套連身衣褲，衣服背後還連著一條長長尖尖的尾巴。

「那是什麼？」我繞過兩個紙箱，走到她身邊問道。

「是一套服裝……」她埋頭到紙箱裡，又拉出一套衣服——那是一件毛皮做的緊身衣，上面蓋滿花豹的斑點。「這個箱子裡全都是衣服。」

「那又怎樣？」我抱怨道，「又幫不上我的忙。」

我不禁嘆了一口氣。

「沒有東西能幫上我的忙。」

嘉莉貝絲似乎沒聽見我說的話，俯身靠在紙箱邊上，又拉出一套服裝。她把衣服舉放在自己身前，那是一件閃閃發亮的黑色西裝，款式很花稍，像是一套晚禮服。

當我凝視著那套衣服，臉竟感到刺痛。

「快放下，」我悶悶不樂的說，「我們得找到……」

「噢，好噁心！」嘉莉貝絲喊道：「這件衣服……上面爬滿了蜘蛛！」

「什麼？」我倒抽了一口氣，臉上刺痛得更厲害了，耳朵裡也嗡嗡響著，刺痛的感覺變成了搔癢。

「嘿，我敢打賭這件衣服是用來搭配你那個面具的！」嘉莉貝絲篤定的說，把衣服拿到我面前。

「看見了嗎？上面都有蜘蛛！」

我抓著發癢的臉頰。搔癢的感覺很快就變得難以忍受，我不禁抓得更用力了。

「快拿開，它會讓我發癢！」我喊道。

嘉莉貝絲不理會我的請求，反而把那套閃亮的黑西裝放到我灼熱發癢的臉孔下，在我身前比著。

「看見了嗎？你戴著它的頭，而這是它的身體。」她說著把衣服靠在我身上，

這句英文怎麼說

沒有東西能幫上我的忙。
Nothing is going to help me.

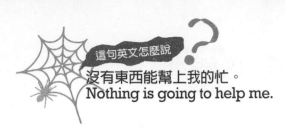

仔細欣賞著。

「快拿開！」我尖叫起來。「我的臉……好像著火了似的！哎喲！」

我發狂似的拍著自己的臉頰、額頭，還有下巴。

「哇——！」我號叫出聲，「我的臉感覺好怪！這究竟是怎麼回事？」

這句英文怎麼說

涼爽的空氣輕撫著我的臉頰。
Cool air greeted my cheeks.

28.

「好燙哦！」我不停尖叫道，「哇——這到底是怎麼回事？」

我抓住臉頰兩側，想要緩和那燒灼般的疼痛感。

當我按著自己的臉頰時，那張臉皮開始在我手掌底下滑動。

我感覺到它開始向上升起，慢慢上升、上升……

當老人的臉在我臉上滑動，我鬆開雙手，那張臉皮從我頭上脫落，飄浮在半空中。涼爽的空氣輕撫著我的臉頰，我深吸一口氣，吸進那冷冽清新的空氣。

那怪老頭的頭顱在我頭頂上盤旋了一會兒，便往嘉莉貝絲手中那件閃亮的黑衣飄去。

那顆頭飄到了西裝的領口上。西裝的手臂往外揮舞，嘉莉貝絲驚訝得喊出聲

來。接著褲腿也開始亂踢，整件衣服不斷扭動拉扯，好像要掙脫嘉莉貝絲的掌握似的。嘉莉貝絲趕緊放手，往後跳開。

那張醜陋的老臉竟露出了笑容，褲腿慢慢下降，踏在地板上。那老頭跳了一小段舞，身上的衣服手舞足蹈，袖子不斷揮動，褲腿也上下蹦跳著。

之後他轉過身去，頭連在身體上，褲腿膝蓋的部位微微彎曲，朝著樓梯走去。

當我們看著那個老頭爬上階梯，消失在活板門外時，嘉莉貝絲和我都驚訝得叫出聲音來。

我們目瞪口呆的站在原地，眼睜睜盯著樓梯頂端的出口。兩人就這麼一語不發、詫異萬分的盯著門口。

下一秒鐘，我們不約而同的笑了起來。兩人笑倒在彼此身上，不停的笑了又笑，直到眼淚從臉頰滾落下來。

我這輩子從來沒笑得這麼大聲、這麼開心過，因為我現在是用自己的聲音在笑，用自己的臉在笑──我真正的臉！

那老頭的臉找到了身體，接著便逃跑了。而我現在又是原來的我了！

這句英文怎麼說

我們兩個都高興極了！
We were both so happy!

這一定是有史以來最棒的萬聖節了！我這輩子從來不曾僅僅因爲恢復正常，就感到這麼快樂過。

嘉莉貝絲和我一路跳著舞，往回家的路上走去。我們放聲高歌，又唱又跳，繞著彼此旋轉，在馬路中間旁若無人的跳著、舞著。

我們兩個都高興極了！

到了距離我家半條街遠時，那個怪物從籬笆後面跳了出來。

牠張開血盆大口，大吼一聲，露出白森森的牙齒。

嘉莉貝絲和我緊緊抓住對方，尖聲驚叫起來。

怪物的皮膚是鮮豔的紫色，在街燈下閃閃發亮。牠的眼睛發出灼熱的紅光，嘴裡長滿破碎朽壞的尖牙，一隻肥大的褐色毛蟲正從牠臉頰中央探出頭來。

「哎呀！」那條毛蟲從怪物的皮膚裡冒出頭來，不停晃動著。

我目不轉睛的盯著那條毛蟲，盯著那張可怕的紫色臉孔。

我認出來了！

「查克！」我喊道。

他從面具後頭發出一陣嘶啞的笑聲。「逮到你們了！」他大聲喝道，「你們兩個都被我嚇到了，你們真該看看自己臉上的表情！」

「查克——」

「我一直在這兒等你，等著要嚇你一跳。」他用刺耳的聲音說。當他說話的時候，那隻噁心的毛蟲不停在他的臉頰上下晃動著。

「那天我從地下室跑出去時，及時抓起了這個面具，沒讓你瞧見，」他吼叫著說，「我一直沒跟你說，想要好好嚇你一跳。」

「你可真把我嚇個半死！」嘉莉貝絲承認道，開玩笑的推了他一把。「現在把面具脫下來，一起到我家去吧！」

「嗯……可是我有個小問題……」查克放低聲音回道。

「什麼問題？」

查克點了點頭，說道：「我沒辦法脫下這個面具……你們可不可以幫我？」

我怎麼會知道這個事實呢？

It isn't as hard as your head!

我必須受到懲罰。

I had to be punished.

我不能呼吸了。

I can't breathe!

你們為什麼不找點難的來？

Why don't you give me something hard to do?

那些孩子簡直就是野獸！

Those kids are animals!

萬聖節快到了。

It's almost Halloween.

我只想把他們嚇個半死。

I just want to scare them to death.

我們真的都嚇壞了。

We were terrified.

我不相信這世上有鬼。

I don't believe in ghosts.

你們該看看自己臉上的表情！

You should have seen the looks on your faces!

你只是想要比我更嚇人。

You just want to be scarier than me.

告訴我面具是在哪兒買的！

Tell me where you bought the mask!

可惜我沒把她的話當真。

Too bad I didn't take her seriously.

這是我最好的毛衣。

This is my good sweater.

- 他們覺得有趣極了。
  They thought it was a riot.
- 這是一件很酷的運動衫。
  It is a cool sweatshirt.
- 這店結束營業了。
  The store is gone.
- 你不明白這對我有多重要。
  You don't understand how important this is to me.
- 是那間派對用品店的地下室！
  The basement of the party store!
- 我沒事，趕快下來。
  I am okay, get down here.
- 你不會感到有些害怕嗎？
  Aren't you a little scared?
- 我們來看看這個箱子裡頭是什麼。
  Let's see what's in this one.
- 我要怎樣才能挑出最好的一個呢？
  How will I ever choose the best one?
- 我可以聽見自己微弱的呼吸聲。
  I could hear my own shallow breathing.
- 一陣恐懼讓我的一口氣卡在喉嚨裡。
  A stab of fear made my breath catch in my throat.
- 那是萬聖節的服裝嗎？
  Is that a Halloween costume?
- 我不是小偷。
  I am not a burglar.
- 這些面具太逼真了。
  The masks are too real.

我一定得打開這扇門！
The door has got to open!

他還在追趕我嗎？
Was he chasing after me?

今天晚上真是太成功了！
The evening had been a total success.

我為什麼會這麼緊張？
Why was I so nervous?

你應該事先告訴我你要上哪兒去。
You should have told me where you were going.

我該試戴看看嗎？
Should I try it on?

我匆匆下樓，走進廚房。
I hurried down to the kitchen.

我只覺得萬事皆美好。
Everything looked beautiful to me.

我們為什麼一定要在那兒集合？
Why do we have to meet there?

他要扮成芭蕾舞伶。
He's going to be a ballerina!

面具不見了。
The mask was gone.

我的老朋友查克是最完美的目標。
My old friend Chuck was the perfect victim.

我突然覺得好熱。
I suddenly felt too warm.

這個面具真的太恐怖了！
The mask really was awesome!

我倒抽一口冷氣，猛地轉過身來。
With a choked gasp, I whirled around.

面具的邊緣在哪裡呢？
Where was the bottom of the mask?

我一定得拿掉這玩意兒！
I had to get the thing off me!

我不要讓你看見我這副模樣。
I don't want you to see me like this.

我可以進來嗎？
May I come in?

嘉莉貝絲是全世界唯一能夠幫我的人。
Carly Beth is the one person in the world who can help me.

我一定是在椅子上睡著了。
I must have fallen asleep in the desk chair.

我們待會兒送點湯或什麼的給你。
We'll bring you up some soup or something later.

這一切全都是夢。
It had all been a dream.

希望你覺得好一點了。
Hope you're feeling better.

應該不難找到她才對。
It won't be hard to find her.

我感覺好多了。
I am feeling much better.

你忘記帶糖果袋了。
You forgot your trick-or-treat bag.

幾分鐘後，卡本特老宅映入我的眼簾。
A few minutes later, the Carpenter mansion came into view.

好戲上場了！
It is show time!

你需要我們帶路嗎？
Do you need directions?

我們送你過去。
We'll take you there.

你是先前打電話找我的那個人嗎？
Are you the man who tried to call me earlier?

她聽出是我了嗎？
Did she hear me?

你為什麼不肯幫我？
Why won't you help me?

我怎樣才能脫掉這個面具。
How do I get the mask off?

我必須找到一個愛的象徵。
I had to find a symbol of love.

你們得幫幫我，帶我回家。
You've got to help me get home.

真希望你能找到管用的東西。
I sure hope you find something that works.

你這麼早就回來啦！
You're back so early!

你們要回來拿什麼？
What did you come back here for?

我再也不要碰這條臭狗了。
I am never touching this dog again.

我想這值得一試。
I guess it is worth a try.

我想每個面具都不一樣。
I guess each mask is different.

我再也不喜歡狗了。
I don't like dogs anymore.

面具全都在這裡頭。
This one has all the masks.

沒有東西能幫上我的忙。
Nothing is going to help me.

涼爽的空氣輕撫著我的臉頰。
Cool air greeted my cheeks.

我們兩個都高興極了！
We were both so happy!

給你一身雞皮疙瘩！

冷湖魔咒

The Curse of Camp Cold Lake

藏在湖裡的祕密即將揭曉……

露營應該是很好玩的，可是莎拉卻很討厭冷湖營。
她和室友們處不好，大家都討厭她。於是她想了一個計劃，
打算好好整整她們，這樣的話，大家就會對她感到愧疚。
可是事情的發展並不像莎拉所想的，因爲在那冰冷又不見
天日的陰暗湖底，一個有著一對蒼白藍眼珠，身體能被透視
而過的人，正虎視眈眈的盯著她，悄悄的向她逼近……

海綿怪客

It Came From Beneath the Sink!

下心，怪物就在水槽下……

在凱翠娜和弟弟在水槽下發現奇怪的小生物之前，
她們全家可說是個正常又快樂的家庭，而且運氣還超好的。
當姊弟倆把這生物從烏漆抹黑的藏身處拉出來之後，
全家的運氣馬上跟著走樣了。
到底這個奇怪的生物是從哪來的？
又會爲他們帶來什麼樣駭人的恐怖遭遇？

每本定價 199 元

雞皮疙瘩系列 30

魔鬼面具 II

原著書名── The Haunted Mask II
原出版社── Scholastic Inc.
作　　者── R.L. 史坦恩（R.L.STINE）
譯　　者── 孫梅君
責任編輯── 劉枚瑛、何若文

國家圖書館出版品預行編目 (CIP) 資料

魔鬼面具 II / R. L. 史坦恩 (R. L. Stine) 著 ; 孫梅君 譯 .
-- 2 版 . -- 臺北市 : 商周出版 : 家庭傳媒城邦分公司發行 ,
民 105.06 176 面 ; 14.8 x 21 公分 . -- (雞皮疙瘩系列 ;30)
譯自 :The Haunted Mask II
ISBN 978-986-477-024-3(平裝)
874.59　　105007583

版　　權── 翁靜如、吳亭儀
行銷業務── 林彥伶、石一志
總 編 輯── 何宜珍
總 經 理── 彭之琬
發 行 人── 何飛鵬
法律顧問── 台英國際商務法律事務所 羅明通律師
出　　版── 商周出版
臺北市中山區民生東路二段 141 號 9 樓
電話：(02) 2500-7008 傳真：(02) 2500-7759
E-mail：bwp.service @ cite.com.tw
發　　行── 英屬蓋曼群島商家庭傳媒股份有限公司城邦分公司
臺北市中山區民生東路二段 141 號 2 樓
讀者服務專線：0800-020-299 24 小時傳真服務：(02)2517-0999
讀者服務信箱 E-mail：cs @ cite.com.tw
劃撥帳號── 19833503 戶名：英屬蓋曼群島商家庭傳媒股份有限公司城邦分公司
訂購服務── 書虫股份有限公司客服專線：(02)2500-7718；2500-7719
服務時間：週一至週五上午 09:30-12:00；下午 13:30-17:00
24 小時傳真專線：(02)2500-1990；2500-1991
劃撥帳號：19863813 戶名：書虫股份有限公司
E-mail：service@readingclub.com.tw
香港發行所── 城邦（香港）出版集團有限公司
香港 灣仔 駱克道 193 號東超商業中心 1 樓
電話：(852) 2508-6231 傳真：(852) 2578-9337
馬新發行所── 城邦（馬新）出版集團
Cité(M) Sdn. Bhd. 41, Jalan Radin Anum,
Bandar Baru Sri Petaling, 57000 Kuala Lumpur, Malaysia.
電話：(603)9057-8822 傳真：(603)9057-6622
商周出版部落格── http://bwp25007008.pixnet.net/blog
行政院新聞局北市業字第 913 號

美術設計── 王秀惠
印　　刷── 卡樂彩色製版有限公司
經 銷 商── 聯合發行股份有限公司 新北市 231 新店區寶橋路 235 巷 6 弄 6 號 2 樓
電話：(02)2917-8022 傳真：(02)2911-0053

■ 2003 年（民 92）10 月初版
■ 2018 年（民 107）11 月 19 日 2 版 2 刷
■ 定價 / 199 元
著作權所有，翻印必究
ISBN 978-986-477-024-3

Goosebumps : vol#36 The Haunted Mask II
Copyright ©1995 by Parachute Press, Inc.
Complex Chinese translation copyright © 2003 by Business Weekly Publications,
a division of Cite Publishing Ltd.
Published by arrangement with Scholastic Inc.,
557 Broadway, New York, NY 10012, USA.
GOOSEBUMPS,［雞皮疙瘩］and logos are trademarks of Scholastic, Inc.
All Right Reserved

Printed in Taiwan
城邦讀書花園
www.cite.com.tw

Goosebumps®

Goosebumps®